真庭語
マニワガタリ

初代 真庭蝙蝠
初代 真庭食鮫
初代 真庭蝴蝶
初代 真庭白鷺

西尾維新
NISIOISIN

BOOK & BOX ORIGINAL DESIGN by VEIA

真庭語
マニワガタリ

第一話

初代・真庭蝙蝠

◇ ◇

這個故事是發生在列國交戰、天下播亂的時代。

◇ ◇

1

◇
◇

忍者真庭蝙蝠才能卓絕，乃是真庭里中有口皆碑，只可惜性子有點兒問題。
傲慢野蠻，陰險邪惡——樣樣皆無；正好相反。
蝙蝠毫無野心。
亦無目的。
無欲無求。
亦無成就霸業的豪情壯志。
他素來謹守本分，唯命是從，可謂忍者的典範。
雖然優異，卻缺乏魅力。
雖然傑出，卻平淡乏味。
這就是真庭蝙蝠。
然而他並非古板迂腐之人。他通情達理，詼諧風趣，與他結交共事十分暢快。

他不好爭功奪利，有捨己成人之風。

這樣的人在特立獨行者眾的真庭忍軍之中，可說是極為罕見；或許正因為如此，才成了真庭里中扛大梁的忍者之一。

但他本人卻毫無自覺，可說是唯一美中不足之處。

「我啊……」

蝙蝠曾對一位弟兄說道。

「生來便是當小卒的料子。倘若有人能替我決定目的，發落差事，該有多輕鬆啊！哪條律法規定自己的生存之道及人生得由自己決定才行？如果有人比我更能將我的忍法及才能發揮得淋漓盡致，交給他指揮統籌，豈不甚好？即便不能，我既已託付予他，便不會有半句怨言。」

如此這般。

這番話若是市井小民來說倒也罷了，偏生說這話的竟是真庭里中名列前茅的高手，才教人傷腦筋。

說歸說，真庭里中的人仍抱著樂觀的期待：真庭蝙蝠年歲尚輕，少不更事；

待日後他多加磨練，定能漸漸培養出與他實力相當的自覺。

然而——

日子一天天過去，真庭蝙蝠依然毫無自覺——此時正好是真庭里計畫改制易法，不再由單一首領統領全真庭忍軍，而要改立十二首領，各司其事之際。

◇　◇

「啊，我可找到你啦——原來你在這兒啊？蝙蝠。」

真庭里郊外的雜木林裡，有人對著倒掛在一棵枝葉茂盛的樹上打盹兒的真庭蝙蝠如此說道；那人便是真庭狂犬。

她一副女童樣貌。

全身刺青。

聞言，蝙蝠微微睜開眼睛——視野之中映出了狂犬顛倒的身影。

「——幹麼？」

蝙蝠不快地答道。

其實他並非不高興，只是想睡而已。

「我在睡覺，別吵我。」

「要睡回家睡吧——雖然你名叫蝙蝠，也用不著這樣睡啊！」

「村子裡亂成一團……」

咻！

蝙蝠放下勾著樹枝的腳，在空中轉了半圈落地。

「大夥兒吵吵鬧鬧的，害得我睡不著。」

「嗯，那倒是。」

狂犬苦笑。

對蝙蝠來說，這事一點兒也不好笑——不過他知道他的感受對於狂犬而言只是他人瓦上霜。

「把首領人數增為十二人——這種餿主意究竟是打哪兒來的？這麼一搞，指揮系統豈不大亂？組織不成組織，規律也形同虛文啦！」

「組織，規律。沒想到這些字眼會從你嘴裡吐出來。」

狂犬笑道：

「唉，想必鳳凰有他的考量。」

「妳不反對嗎？搞不好真庭里的歷史會因此改寫呢！妳向來最珍視真庭里——」

「形式並不重要。」

也不知狂犬說這話是否出於真心，只見她聳了聳肩，說道。

「再說，我只是諫官——現在真庭里作主的畢竟是鳳凰。既然鳳凰認為要在戰國亂世生存下來唯有改制易法一途，我自然沒反對的道理。」

咱們和相生忍軍之爭也越演越烈了——狂犬又續道。

蝙蝠啐了一聲。

「妳說得倒輕鬆——若真要立十二首領，鐵定算上妳一份；到時妳就甭想和現在一樣以觀察者自詡，當妳的諫官了。」

「到時也只能乖乖認命啦！……話說回來，你不也一樣？蝙蝠。」

「…………」

不錯。

指揮系統大亂，組織不成組織——真庭蝙蝠可不是會擔心這種事的憂國憂民之士。他雖然謹守規律，卻不重視規律；他只是個奉命行事的忍者，雖有意志，卻無目的——這便是真庭蝙蝠的性格。

蝙蝠掛懷的是——

倘若真要分立十二首領，他勢必成為其中一人。

「現在的首領鳳凰自是不消說……你、食鮫、螳螂和海龜應該也是篤定入選吧！剩下還有誰呢——」

「我覺得首領要有首領的格局——而我沒那種格局。我是當小卒的料子。」

「只有你這麼想——大夥兒都在等你成長呢！當然，我也一樣。」

狂犬說道。

她的外貌看起來雖然比蝙蝠年少許多，語氣卻老氣橫秋。

不愧是真庭里的觀察者。

「那就等我成長以後再說吧！每個人都認定我會當上首領，煩死了。」

由於這個緣故，蝙蝠根本無法在家裡睡覺。

因為前來造訪「十二首領人選」蝙蝠的人絡繹不絕。

「人只要有了責任，就會改變——即便是忍者也不例外。形式並不重要，不過由形入裡卻挺重要的。」

有了形，自然就成格局——狂犬如此作結。

狂犬這番話沒有惡意，但卻有種巧言詭辯的味道，令蝙蝠打從心底厭煩。他為圖清靜，才藏身於雜木林中，卻被狂犬給找到了；看來此處不再是安眠之地了。

「……所以呢？」

蝙蝠說道。

「妳到底有何貴幹？狂犬。」

「咦？」

「妳找我——應該有要緊事吧？」

「哦，不——其實也沒什麼大不了的。」

妳居然為了沒什麼大不了的事來打擾我的清夢？蝙蝠本想這麼罵上一句，但轉念一想，和狂犬計較這些小事也沒用，便打消了念頭。

「廣場有好戲可看，我是來邀你一道去湊熱鬧的。」

「好戲？」

「你認得春蟬吧？」

「嗯……」

真庭春蟬。

雖然不及蝙蝠與狂犬，但在真庭里中也是個小有名氣的人物。真庭里不大，只要有出眾的才幹或特出的行止，轉眼間便會名播鄉里；換言之，真庭春蟬擁有兩者之一，又或兩者兼備。蝙蝠和他雖無直接交流（至少不曾共事過——只要共事過一次，蝙蝠絕不會忘記），卻聽過他的名字。

見了他應該認得出來。

「聽說他是個名利客？」

「是啊！所以他自然是虎視眈眈，欲爭奪十二首領之位了——至於他夠不夠格嘛，老實說，我覺得是一半一半。」

「他的人格有問題？」

「要談人格，大夥兒都有問題——真庭忍軍本來就盡是些特立獨行之人，毫無同儕意識，只問成果。再說——正如我方才所言，人只要有了責任，就會改變。」

當然，我是說或許。這回狂犬又加上這麼一句。

狂犬滿面笑容。

她向來以真庭里觀察者自居，想必比蝙蝠更加了解真庭春蟬。

「……所以呢？春蟬在廣場做什麼？」

「試演新忍法。」

狂犬說道。

「大概是想顯露自己的本領，好爭取十二首領之位吧！他和你我不同，要當上首領，得再加把勁兒——」

「所以那個新忍法便是他加的『勁兒』？」

蝙蝠沉吟起來。

蝙蝠壓根兒不想當什麼十二首領，卻又由不得他推辭，所以這陣子一直是一個頭兩個大；但是卻有人如此巴望著當首領，實在是諷刺至極。

雖然蝙蝠不能和他交換，卻不由得想道——

既然他想當，讓他當又有何妨？

「那——他的新忍法又是什麼玩意兒？」

「怎麼？你有興趣啊？」

「別說傻話了，我是看妳希望我問，我才問的。」

「唔……」

狂犬似乎不知如何形容才妥當，面露迷惘之色。

「該說是遁地術的變形版吧？」

「遁地術？沒想到他會從這種基本功下手——」

不過對於實戰倒是極有益處。

比起華而不實的忍法，更能博得好感。

倘若春蟬是精心算計之後才選擇展露這個忍法，那他鐵定不止是個名利客。

「不過遁地術用不著修練吧？連我也會。」

「那是你多才多藝——我就不會。」

「若是妳有心，隨時都能學會。」

蝙蝠意有所指地說道，但狂犬只當是馬耳東風，毫無反應，又續道：

「我不是說了？是變形版。」

「變形版？怎麼個變形法？所謂的遁地術，不就是叼根竹管藏在土裡嗎？除此之外，便是如何注意地上的動靜——」

似乎沒有變形的餘地。

這個忍法已經完成，還能變什麼形？

「——是啊！得叼竹管嘛！」

「不錯。當然，不見得得用竹管，只要能呼吸就成。沒有呼吸管，轉眼間便會窒息；就算有，也不能在地底下久留——否則還是會窒息。這就是遁地術的弱點。」

「所以啦！」

狂犬說道。

「春蟬的變形版便是用來彌補這個弱點。」

「………」

「無須使用呼吸管，且能長時間潛藏於地底下——這就是他的新遁地術。」

「新——遁地術？」

「春蟬本人稱之為忍法『潛蛹』——」

聞言，蝙蝠無言以對。

忍法「潛蛹」。

倘若真能達到這個境界——對於工作必有莫大的助益。然而正因為如此，蝙蝠反而覺得這是痴人說夢，絕不可能實現。

現今的遁地術少不了竹管等類的呼吸管，但這等於是主動告知敵人自己的藏身之處。

此外，遁地術難以持久——但要說這是弱點，蝙蝠頗不以為然。

這不是弱點，而是人類生理上的必然現象。

春蟬的忍法竟能彌補這一點？

「……不可能。」

真庭蝙蝠所用的忍法已是公認的匪夷所思，但春蟬的這套忍法卻連蝙蝠也不禁詫異；要用來顯本領，的確是再適合不過了。

「倘若他真能辦到——確實夠格成為十二首領。」

「是啊！我也這麼想。」

「話說回來，他的忍法是什麼原理啊？既然無須使用呼吸管，那就是用別的方法呼吸了，不過——」

「唉，就算問春蟬，他也不會說的。『潛蛹』是春蟬自創的忍法，倒不至於有什麼不傳外人的門規；不過這既然是他當上十二首領的法寶，自然不會輕易透露箇中竅門了。」

「嗯，那倒是。」

「再說——他的忍法也還沒成功。」

所以才叫試演啊？

蝙蝠總算明白了。

他也生了幾分興趣。

「聽說蟬的幼蟲能夠從植物根部吸收養分維生，在土裡活上七年；春蟬說他這套忍法用的就是同樣的原理。」

「……這番解釋聽起來像是胡謅。」

人和蟬的幼蟲豈能相提並論？

說歸說，要蝙蝠提出另一套解釋，他也辦不到。

「不過這套忍法和真庭春蟬的名號倒是相得益彰——前提是得成功才行。」

「是啊！」

「那他要怎麼試演？」

「唔，嗯，嗯。」

狂犬困惑地歪了歪頭。

「用『演』字是有點兒語病，因為他人在土裡，根本看不見——簡單地說，他要在廣場裡挖個洞，命下屬將他埋起來；接著他的下屬會和幾名下忍一起留在廣場監視。」

「監視？監視什麼？」

「當然是監視春蟬，看他有沒有偷偷從土裡跑出來啊！」

「哦！」

「然後待上一週。」

說著，狂犬豎起了一根手指。

「他說這套忍法要和蟬的幼蟲一樣遁地數年都沒問題，但咱們哪等得了那麼久？再拖下去，莫說和相生忍軍之爭，連亂世都結束啦！你也知道吧？令六大名俯首稱臣的新將軍現在可是勢如破竹呢！」

「新將軍……」

新將軍。

其實此人尚未登上將軍之位，只是如此自稱而已。真庭里是不屬於任何陣營的傭兵部隊，反過來說，他們幾乎為所有陣營效過力；而其中最讓蝙蝠感到可怕的，便是新將軍。

蝙蝠難以想像有人能夠一統這個兵荒馬亂的戰國亂世，但若真有這種能人，定是新將軍那般的人物。

或許那正是——

立於人上的格局。

「……喂，蝙蝠，你有沒有在聽啊？」

「唔？啊，抱歉。呃，妳說到哪兒啦？」

「唉，我說——只要春蟬能在土裡待上一週，就算成功了。」

「是啊！當然是成功。別說一週，其實三天就行了。」

說得極端點兒，一天也行。

尋常人活埋一天，鐵定一命嗚呼。

「不過——條件應該不止這樣吧？」

「嗯。出來的時候不得借助他人之手，須得自行爬出地面——而且要說出這一週裡來監視自己的是哪些人。」

「…………」

「同一批人總不能連續監視一週，一天得換一次班——春蟬得說出換班的順序。」

畢竟遁地時若不能掌握外界的動靜，就稱不上忍法了——狂犬說道。

「當然，監視順序是等到春蟬埋進土裡以後才決定，他無法事先得知。」

「嗯……」

代表他沒有機會作弊？

還真是防得滴水不漏。

「倘若真能成功，大夥兒也不得不服氣了啊！除非監視者全都和他聯合起來作戲。」

「聯合作戲是萬萬不可能的。因為其中不但有春蟬的下屬，還有他死對頭的下屬。」

「死對頭？」

「死對頭三字是稍嫌誇張了點兒，該說是對手才是。爭奪十二首領之位的可不止春蟬一個人。」

「說得也是。」

「對春蟬的對手而言，倘若春蟬失敗，反倒是個好機會——自然樂意幫忙了。」

「想得還真周到。」

話說回來——好驚人的執著。

蝙蝠不禁佩服。

相較之下，自己就拿不出這股熱忱；思及此，蝙蝠不禁略感慚愧。

說得好聽一點兒，蝙蝠是不計名利；但或許他只是不夠熱愛真庭里而已。

「說真的——如果能夠交換，我還真想和他交換。」

「那怎麼行？沒有人能夠取代別人——就算用你的忍法也一樣。」

聽了蝙蝠的真心話，狂犬面露笑容，說道。

「好啦，怎麼辦？你要去看麼？我這就要去了。」

「——嗯。」

真庭蝙蝠緩緩地搖了搖頭，說道。

「改天再說吧！」

直到最後，蝙蝠都沒前往廣場去觀看真庭春蟬試演新忍法「潛蛹」。

2

◇
◇

一週後，真庭春蟬身亡的消息傳遍了整個真庭里。當天本來是揭曉新忍法試演結果的日子，萬眾矚目，因此春蟬身亡的消息轉眼間便傳遍了大街小巷。

想當然耳，也傳到了依舊在雜木林中打盹兒的蝙蝠耳中。

起先蝙蝠只是「哦！」了一聲。

忍法失敗啦？

這是他第一個念頭。

雖然春蟬敲鑼打鼓，昭告天下，但新忍法畢竟仍在實驗階段；分立十二首領之議來得突然，想必他沒有充分的時間測試新忍法。當然，他本人或許小有把握——但天下事若能盡如人意，就用不著忍者了。

人畢竟無法在地下潛伏一週之久。不光是呼吸，還有其他諸多問題。春蟬的變形版忍法沒能解決所有問題——蝙蝠是這麼想的。

然而——

一問之下，才知道事情並非如此。

問題根本不在於成敗與否。

一週的期限到了，但真庭春蟬並未從土中現身；監視的下忍心想忍法失敗，便動手挖掘春蟬的身體。雖說已經過了好幾天，但或許還來得及救活他。

果然不出所料。

真庭春蟬死了。

是窒息而死——不過下忍卻在春蟬的身體上發現了出人意料之處。

真庭春蟬的脖子上——

有道明顯深刻的繩子痕跡。

真庭春蟬是在土中被人縊死的。

◇◇

「——根據死療組的人所言……」

真庭狂犬站在原先掩埋春蟬之處——尚未將土填回的廣場土坑旁，望著坑裡說道。

「春蟬應該是在五天前被殺的；換言之，從他試演忍法的那一天起算，不過才隔了兩天。剩下的五天裡，這裡埋的都是屍體。」

「唔——」

站在狂犬身後的真庭蝙蝠答道。

四周空無一人。

他們事先屏退了閒雜人等。

現在在廣場裡的——只有狂犬和蝙蝠兩人。

「——所以下忍監視的其實是屍體？還真是白忙一場啊！」

「嗯，的確是白忙一場——」

狂犬不知有何用意，竟突然縱身跳進坑裡。

那坑雖然不算極深，卻也不淺，大約有一丈深；真庭里的忍者不用道具也能輕易進出。

狂犬在坑底躺了下來。

「把我埋起來。」

「唔？哦！」

蝙蝠依言推了坑邊的土山——應該就是從坑裡挖出來的土——一把，將一團土塊推落到狂犬身上。

然而——

「哇呸！不玩了，不玩了。」

狂犬立刻起身，跳出土坑。

「不行，太難了。」

「當然啊！」

蝙蝠啼笑皆非。

他替狂犬拍落滿身的塵土。

「待在土裡，和外界完全隔絕，實在很不舒服。」

「是啊！就這層意義上而言——倘若『潛蛹』真的成功，可是相當實用的忍法啊！」

「應該成功了吧！」

狂犬說道。

「所以春蟬才被殺了。」

「…………」

真庭春蟬身亡。

這件事本身倒不成問題。

對忍者而言，生死並非大事——對他們來說，生與死並無差異。

這點兒自覺連蝙蝠都有。

不過——若是遭人殺害，那又另當別論了。

「如果是工作中一時大意被殺，倒也罷了——但他是死在真庭里中，可就不能置之不理了。縱使我以觀察者自居——而你以棄世絕俗之人自詡亦然。」

「我可不記得自己曾以棄世絕俗之人自詡過。」

蝙蝠說道。

他也窺探著坑裡。

「嗯，頭號嫌犯便是長年以來與我們對立的相生忍軍……不過我覺得這回可以屏除他們的嫌疑。若是他們混進了真庭里中，那才是大問題呢！」

「是啊！決計不可能——真庭忍軍可還沒淪落到有人入侵仍不知不覺的地步。再說企鵝他們也上了結界——」

「這麼說來……」

蝙蝠一臉厭倦地說道。

「是自家人下的手？」

「是啊！」

其實根本用不著確認。

剛聽到消息時，蝙蝠便已心裡有數；今天狂犬找他出來，他就更加確定了。

真庭狂犬對於這種事可是相當敏銳的。

「所以我才反對搞什麼十二首領制啊！爭權奪利過了頭，便會演變成互相殘殺。這點鳳凰應該也知道吧！」

「你反對十二首領制，是因為不希望麻煩事落到自己頭上來吧！何必說得一副像是很有先見之明的樣子？太難看啦！——再說，我覺得鳳凰應該早料到會發生這種事了。」

「啊？」

「或許他正是趁著這個機會，把那些會為了爭權奪利而下手殺害弟兄的鼠輩引出來。」

「被殺的人豈不是平白無故丟了一條小命？」

「若是因此被殺，也只能怪自己沒本事了。會被人背叛，表示他欠缺為人上司的資質。」

受人尊敬也是種才能啊！

狂犬說道。

「就這層意義而言，你已經具備為人上司的格局啦——蝙蝠。」

「那可不見得，誰知道我哪天睡覺時會被人砍下腦袋？」

「以你的才能，腦袋不會搬家的。」

「哦，是嗎？」

蝙蝠點了點頭，敷衍了事。

和她爭論這種事並無意義。

「話說回來，仔細一想，又不太對勁。春蟬能不能當上十二首領還是未知數，倘若真是為了爭權而殺人，那也該向我或妳下手才是啊！這樣才能確實空出一個位子來嘛！」

「我想——凶手大概是沒把握殺得了我們吧！」

狂犬笑道：

「所以才找上為奪十二首領之位而展露新忍法的春蟬。這個選擇倒也不難理解；捨篤定當選之人，取同為候選之人，也算得上是條中策啊！」

「就算如此，也用不著殺人吧！妨礙春蟬試演忍法不就得了？」

「這倒是。」

用不著殺人。

殺人的確是最簡潔的方法——不過為此殺害弟兄，實在太不尋常了。

「凶手為何殺人？不——」

蝙蝠環顧四周，方又說道。

「得先知道他如何殺人？」

「…………」

這個問題狂犬可答不出來了。

不錯——比起為何殺人，如何殺人更是個問題。

凶手究竟是誰？

如何殺害藏身土中的忍者？

「更何況是勒殺——倘若是從地上拿槍刺死春蟬，倒還可以理解。不過有人監視，要從地上下手也不可能——」

「對了，找到凶器繩子了嗎？」

「還沒。」

狂犬搖了搖頭。

「很遺憾。若是槍倒還另當別論，一條尋常繩子，多的是銷毀的方法。想從凶器循線找出凶手，是沒得指望了。」

「唔……勒死埋在土裡的人？雖然狀況不同一般……」

蝙蝠對自己的對白略感難為情，但還是硬著頭皮說完：

「但也算是密室殺人案了。」

「……哦！」

狂犬點頭，撫掌說道。

「不錯，的確是密室，『密』度無人能及啊！」

至於是否為「室」，就有待商榷了。

狂犬續道：

「不過，一般密室殺人，是為了讓人以為死者是自殺而死吧？凶手大剌剌地把人勒死，才要佯裝成自殺，未免太牽強了吧！」

「我只是覺得這句話非說不可才說的，妳就別當真了——唉，動機姑且不論，可方法我是想破了腦袋也想不出來。我方才雖然以密室為喻，但實際上又沒鑰匙可以開門進土坑裡。」

「實在是匪夷所思啊！」

「……我這話只是假設……」

蝙蝠低聲說道。

「會不會是監視者說謊？」

「唔？」

「我的意思是——因為有他們作證，咱們才認定春蟬這一週以來都埋在地底下；不過，呃……第二天是吧？倘若當天負責監視的人撒謊——」

不。

既然都假設他們撒謊了，不如更進一步推測——

「——也許他們便是凶手？」

「………」

狂犬的神色霎時變得嚴肅起來。

她顯少露出這種表情。

蝙蝠轉念一想：不——這才是她原來的表情。

雖然狂犬素以觀察者自居，但她向來是真庭里的中心人物——即便首領增為十二人，這一點也不會改變。

「換言之……」

蝙蝠續道：

「他們等到半夜四下無人之時，將地下的春蟬挖出來勒死——饒春蟬武功再高，猛虎難敵猴群，自然不敵眾監視者。這些人殺了春蟬之後，把他埋回去，裝作毫不知情的模樣繼續監視——時間到了，又若無其事地與下一幫人換班。」

「不可能。」

真庭狂犬斷然否決了蝙蝠的假設。

「之前我也說過了——監視者絕不可能聯合起來造假。若是有此可能，新忍法便不可信了。」

「哦——妳是說過。」

春蟬的陣營及對手的陣營。

監視者是由這兩方人馬所組成的。

「我已經找在春蟬推定死亡時間負責監視的下忍問過話了——不過沒什麼成果。」

「咱們真庭里中不是有幾個人會使分辨真假的忍法？這些人搶手得很，通常不在里中就是了。」

「這回運氣好，碰巧有個人留在里中，我已經請他相助了。其實用不著調查，我也看得出監視者是清白的。」

「——既然妳這個觀察者都這麼說了，應該錯不了。」

但這麼一來，凶手根本沒機會下手犯案啊！

「說歸說，又不能一個個驗真假。就是有了推定死亡時間才麻煩——倘若沒有，一句『某個監視者趁著挖出春蟬時偷偷勒死了他』就解決了。」

「就算負責監視的全是下忍，要在眾多忍者的耳目之下偷偷勒死人，可不容易啊！」

「對了，針對這件事，頭子——鳳凰可有說什麼？」

「什麼也沒說，甚至沒交代我找兇手。」

現在是我自作主張查案——狂犬說道。

這正如蝙蝠所料，因此他什麼也沒說，只是靜靜地點了點頭。

「在春蟬被埋入地下之前——」

蝙蝠又想到一個假設，便隨口說出來。

連他自個兒都不認為這是正確答案。

「兇手先用一條很～長的繩子套住他的脖子，讓繩子兩端露出地面，只要從兩端拉扯繩子——便能勒住脖子。待兇手確定春蟬已死之後，便放開繩子一端，從另一端將繩子從地底下抽出來，只留下春蟬被勒死的屍體——」

說到這兒——

「這個假設如何？」

蝙蝠問道，並窺探狂犬的反應。

「不可能。」

這回狂犬仍是斷然否定。

「有太多不合理之處，我想你自個兒也發現了，我就不一一點明啦！再說……忍法『潛蛹』的賣點便是在地上不留痕跡，倘若地底下冒出了繩頭，任誰都會發現的。」

「嗯，說得也是。」

「也許我不該這麼說……」

狂犬以略帶落寞的語氣說道。

「春蟬就是因為鋒芒畢露，才會招來殺身之禍。刻意展露新忍法，根本不是忍者所該為之事。」

「……是嗎？」

「唉，事到如今，說什麼都太遲了；再說我當時也跟著湊熱鬧看好戲，其實沒資格說這些話。就拿咱們倆來說吧！我知道你的忍法，你也知道我的忍法；但那是因為我們看穿了彼此的忍法，並不是因為曾互相告知解說。這就夠了，所謂忍者與忍法就是這樣——沒什麼好解說的。忍法不是要人教的，而是自個兒去學的。」

狂犬說道。

「可是春蟬卻為了爭奪十二首領之位，要把自己的忍法昭告真庭里——」

「所以才會招來殺身之禍？」

蝙蝠搶了狂犬的詞。

「是啊！春蟬這麼做的確不妥，但罪不至死。被弟兄所殺——可是忍者的恥辱啊！」

我們的確沒什麼同儕意識就是了。蝙蝠恨恨地說道。

直到此刻，蝙蝠才發現自己為了這件事感到極為不快。

為什麼？

他從未和春蟬共事過啊！

是因為春蟬擁有自己所沒有的熱忱？

權勢欲？

又或是功名心？

凡事過猶不及，利欲薰心固然不可取，但無欲無求卻也是個問題。

老實說，蝙蝠早已做好成為十二首領的覺悟了。這不是他自尊自大，不是他往自己臉上貼金，而是冷靜判斷之下所得的結論。

無可奈何。

倘若這是宿命，也只能遵從了。

但蝙蝠卻很同情下屬，得在他這種毫無幹勁的人底下做事。別的不說，至少他絕不會為了權勢地位而將壓箱忍法公諸於世——

此時，蝙蝠突然靈光一閃。

「……欸，狂犬。」

「唔？」

「若是妳，妳會這麼做嗎？無論有何理由——妳會將自己的壓箱忍法展露給大家看嗎？」

「這個嘛……」

狂犬略為思索過後，如此回答。

「我連想都沒想過。」

「打個比方好了——妳並無現在的諫官地位，也不是十二首領篤定人選……

不過，只要妳展露妳的忍法，便能升官加爵；若是如此，妳會這麼做嗎？」

「或許我實際上處於這種立場時，答案又會不同……」

狂犬又略為思索過後，方才加了這句前言。

「不過……嗯，我想我應該不會這麼做。我認為……忍法不該用在這種事上。」

「嗯。」

蝙蝠點頭。

「我——也這麼想。」

「……但這是你我的想法——即便春蟬不這麼想，也只是雙方看法不同，主義相異罷了。就算他因此招來了殺身之禍——」

「不。」

蝙蝠打斷了狂犬的話。

「我似乎明白——為何春蟬要幹出那種事了。或許該說唯有我才能明白吧！因為我和春蟬的觀念正好完全相反——」

「…………？」

「所以啦，狂犬。」

這會兒輪到蝙蝠跳下土坑。

他從坑裡仰望狂犬——

「我也明白春蟬是如何被殺的了。」

他續道。

「咦——你明白了？」

狂犬大吃一驚，蝙蝠又道：

「當然，只是似乎。而我明白的只有犯案手法——不，犯案動機也是，但我還不知道凶手是誰。」

「…………」

「雖然不知道，但已足以縮小範圍——這是自己人犯下的案子，不是相生忍軍或其他忍者陣營所為……我認為啦！」

「瞧你亂沒把握的。」

狂犬露出苦笑。

她對著坑中的蝙蝠說道。

「不過，對你而言，知道這些便已足夠了吧——真庭蝙蝠。蝙蝠，正因為如此——你才能成為十二首領之一。」

「還只是篤定人選而已。」

蝙蝠鬱悶地說道。

他閉上眼睛，思索片刻。

接著又突然想起一事，站在坑中對狂犬問道：

「春蟬的遺體是怎麼處置的？」

「這個嘛——當然不能擱在原地不管，已經照著程序埋葬啦！」

「唔。」

蝙蝠大大地點了點頭。

「既然如此——就從這條線進攻吧！」

3

◇ ◇

又過了一週，遇害身亡的真庭春蟬歸來的消息傳遍了整個真庭里。他活像只是出門買個東西而已，一臉理所當然、若無其事地向門卒打了聲招呼，走入里中，開了整個真庭里一個大玩笑。

眾人連忙追問，他答道：

「沒什麼，這正是忍法『潛蛹』啊！」

臉上毫無愧疚之色。

聞言，眾人不是驚嘆便是困惑。他說道。「把大夥兒集合起來，聽在下說明。」便移往廣場——不錯，正是真庭春蟬本欲展露新忍法卻遇害身亡的那個廣場。

到了廣場之後，他如此說明。

「其實忍法『潛蛹』本就是雖生猶死之術；一般人容易誤以為這是操縱循環

器官的呼吸法，其實不然，此乃操縱生命的生命法。說得淺白一點兒，此法能讓己身處於假死狀態，將呼吸及其他生命反應抑制到最小——因此才能在土裡生存。不過，要在假死狀態之下掌握周遭動靜，可說是難若登天；這也正是最能顯現在下的修行成果之處。」

「可、可是，春蟬兄。」

一名忍者——春蟬在地底時負責監視他的下忍之一——困惑地插了嘴。

「我們將您挖出來的時候——您確實已經死了啊！」

「是啊！若不如此，怎能叫『潛蛹』？將身體變為假死狀態的忍法不少，但這些忍法頂多只能達到半死半活的境界，然而忍法『潛蛹』卻能收到九死一生之效……當然啦，在下可不止活著，意識也很清楚，悄悄觀賞著諸位狼狽慌張的模樣呢！」

「可、可是……」

下忍喘著氣說道。

「依照原本的計畫，您該自行從土裡爬出來啊！」

「這樣還有什麼意思？總要製造點兒戲劇效果嘛！——說歸說，在下本以為少說也會有一個人發現，才繼續維持假死狀態；誰知竟連死療組的人都認定在下已死，真是一群功力了得的名醫啊！諸位受傷時可得自求多福了。」

「那、那麼……」

下忍仍不死心，繼續追問。

「您脖子上的——繩子痕跡又是怎麼一回事？」

「那也是作戲。其實在下事先曾將這個計畫告訴在場諸位之中的某一人，不過此人是誰，在下不能透露。在下交代他挖出在下的身體時，偷偷在脖子上留下勒痕，別讓其他人發現。」

「…………！」

聞言，眾人啞然無語，面面相覷。

然而他們又猜不出是誰下的手。

畢竟已經是一週以前的事了。

「生前留下的傷痕和死後留下的傷痕自然有所不同——不過當時在下的身體是雖生猶死，既死又生，要把傷痕偽裝成幾時留下的都行。這正是忍法『潛蛹』的精髓啊！」

他滔滔不絕地說道。

「只是在下萬萬沒想到，諸位居然直接將在下埋葬。不過這也是一種樂趣，所以在下又多死一週，也可趁機套出諸位對在下的真心話。」

他又說了句不似真庭春蟬會說的玩笑話。

「喂喂喂，怎麼啦？怎麼啦？瞧諸位的眼神，活像見了鬼啊！」

——於是乎。

真庭春蟬試演的新忍法便以這種形式宣告成功——眾人都認為他被選為十二首領只是時間的問題。雖然他視性命如兒戲，但他玩弄的是自己的性命，其他人也沒什麼好抱怨的。

經過了這件事。

真庭春蟬便以繼真庭鳳凰、真庭蝙蝠、真庭狂犬、真庭食鮫、真庭螳螂、真庭海龜之後的第七個首領人選之姿，揚名全真庭里——

◇◇

「喂……你在打什麼主意？春蟬。」

當天晚上。

有人從真庭蝙蝠身後叫住了他。

他身在試演忍法的廣場。

土坑已經被填平了。

時值夜半——沒有月亮的暗夜。

為了引出獵物，蝙蝠本已做好在廣場度過一夜的打算——如今出聲叫住自己……叫住這副外貌的人比預料中更早出現，讓他暗自鬆了口氣。他緩緩地回過頭。

眼前是一個眼熟的年輕人。

蝙蝠曾與此人共事過。

他的名字——應該是叫做真庭松蟬。

「喂，你倒是說話啊——你胡吹一通，究竟在打什麼主意？莫非你是在袒護我？——若是如此，也未免太瞧不起我了。還是你另有所圖？」

「…………」

「喂！春蟬！」

年輕人——松蟬對著蝙蝠怒吼。

宛若——對著春蟬一樣。

也難怪他如此——因為此時的蝙蝠外貌與真庭春蟬一模一樣。

「原來是你啊！」

蝙蝠平靜地說道。

神情略帶遺憾之色。

「啊？你在說什麼——」

松蟬更加咄咄逼人，蝙蝠舉起一手制止了他，另一手摸了自己的臉一把。

只見真庭春蟬的臉孔倏然消失。

變回了真庭蝙蝠原來的面貌。

「咦……啊……？」

松蟬大吃一驚，探出的身子往後一縮，失去平衡，一屁股跌坐下來，樣子顯得狼狽不堪。

蝙蝠無視於松蟬。

「——這麼一提，我和你雖然共事過好幾回，但還沒讓你見識過這套忍法。套句狂犬的話，忍法不是靠人教的，而是自己學的；不過這回我特別破例指點你。」

蝙蝠說道。

「忍法『骨肉雕塑』——可以雕塑自己的皮膚、肌肉與骨骼，變化成任何人物——這就是我真庭蝙蝠的獨門忍法。」

不錯。

真庭春蟬——是真的死了。

從真庭里外歸來的春蟬其實是蝙蝠使用忍法化身而成的冒牌貨。蝙蝠將已經埋葬的春蟬挖出來，照著他的樣貌仔仔細細地雕塑自己。

這套獨門忍法可不是易容術所能比擬的。

當然，蝙蝠沒忘記將真正的春蟬屍體移往他處——

「蝙——」

松蟬呻吟道。

「——蝙蝠前輩，為何你會——」

「這話是我要問的，松蟬。」

蝙蝠對著跌坐在地的松蟬說道。

「為何你要殺害春蟬？」

「…………」

「唉，其實我只是隨口問問，理由為何，我已經猜出了七、八分——犯案手法及動機我也大致明白了，唯一不明白的便是凶手是誰；沒想到居然是你——」

蝙蝠印象中的真庭松蟬是個正直得過了頭的男人，極為重視弟兄之間的和睦；就另一種意義而言，他和蝙蝠一樣是真庭里中少見的人物。

這樣的人——竟會殺害弟兄？

「……既然東窗事發，我也沒轍了。」

真庭松蟬並不辯解或掩飾，也不作垂死的掙扎，說道。

「我完全中了蝙蝠前輩的計……看來我還嫩得很。倘若我用點兒腦筋，應該能瞧出破綻的——不，前輩化身得如此完美，豈有破綻？虧我還是春蟬的密友，居然也識不破——」

「你和他——是密友？」

「對，不過是過去的事了。」

松蟬說道。

他臉上甚至帶著笑意。

「話說回來，蝙蝠前輩，你是如何知情的？聽你的語氣，似乎什麼都知道了……」

「……………」

「也沒什麼，只是突然靈光一閃，又碰巧被我猜個正著而已。不過勉強要找個理由嘛——便是春蟬試演新忍法之舉實在太不自然了。」

「當然，我想他這麼做，也有一部分是出於功名心，希望能獲選為新制中的十二首領之一；不過就算如此，也用不著大張旗鼓，引人注意——」

蝙蝠望著松蟬說道。

「無論是新是舊，忍法本來就是種不該見光的物事——忍法是忍者的生命線，不該拿來四處宣揚，無論對方是敵是友皆然。然而春蟬卻行這等反常之舉……所以我猜他的目的或許是製造既成事實。」

「既成事實？」

松蟬露出了苦澀的表情。

「不錯——正是如此。那小子便是打算——讓大夥兒認定忍法『潛蛹』是他的獨門忍法。」

「…………」

「但那明明也是我苦心鑽研的忍法啊！」

過去的密友。

原來是這個意思啊！

蝙蝠總算明白了。

所以才會發生這次的不幸。

「其實道理很簡單——倘若改良遁地術而成的忍法『潛蛹』當真存在，只要使用這套忍法，要勒死人在土中的春蟬易如反掌——」

這便是犯案手法。

說穿了不值幾文錢。

真庭春蟬使用忍法「潛蛹」鑽入地底，而真庭松蟬便從下方挖土前進——勒死了他。

春蟬只顧著注意地上的動靜，完全沒想到會有人從背後接近。

「話說回來，松蟬——開發忍法乃是公平競爭，就好比大夥兒一起尋寶一樣；你見春蟬領先，便下手殺害他，未免太蠻橫了吧？」

「不！那小子……春蟬為了搶在我之前展露忍法，竟在未完成的狀態之下將『潛蛹』公諸於世……就只是為了捷足先登！」

「未完成？」

即便如此，已經是套相當管用的忍法了。

「嗯，的確，就可以在土中自由移動這一節而言——你的忍法可說是高他一籌。」

「就是說啊！」

「不過……」

蝙蝠對著忍不住扯開嗓門的松蟬說道。

「或許春蟬便是因為如此，才急著提早展露忍法。方才我雖然以尋寶為喻，但這畢竟不是單純的先得者勝；只不過目前真庭里局勢非比尋常，稍有落後，便有滿盤皆輸之虞，也難怪他橫下心孤注一擲。畢竟不靠呼吸管便能潛藏於土中，已經是相當了得的忍法，有一賭的價值——說來諷刺，你們倆在彼此的忍法都未臻成熟之時，明明是知心至友——追求同樣的忍法，互相刺激的好對手。」

誰知這居然成了犯案動機。

說穿了——不過如此而已。

「倘若只是想妨礙春蟬成為十二首領，根本用不著殺人；不過你和他鑽研同一種忍法，卻被他領先一步——有了這層私怨，自然又是另當別論了。」

「他並沒有領先於我！只是投機取巧而已！那小子……春蟬展露的不過是未完成的『潛蛹』！這對我而言是多大的屈辱啊！我——我居然因為追求完美而落於人後，這還有天理嗎？那、那小子的所作所為——全盤否定了我為了開發忍法而投注的心血！」

不能饒恕。

絕不能饒恕——松蟬恨恨地說道。

「我比那種人……」

他又說道。

「我比那種人更有資格成為十二首領！」

「………」

敵對陣營——

松蟬與春蟬是密友，又是鑽研同樣忍法的好對手，周遭的人自然不會視他為春蟬的敵人了。

不過——有時候，動機往往是尋常無奇的。

為了立於人上——

值得如此費盡心機，不擇手段嗎？

蝙蝠完全不明白。

無論是為了爭奪十二首領之位，不惜展露未完成忍法的真庭春蟬；或是切磋砥礪之後被朋友捷足先登，憤而殺友的真庭松蟬——蝙蝠都無法理解他們的想法。

「你當然不懂。」

松蟬說道。

彷彿看穿了蝙蝠的心思。

「像蝙蝠前輩這種天之驕子——當然不懂我的感受。」

「……接下來你打算怎麼辦？拾春蟬的牙慧，試演忍法嗎？你以為這樣便能奪得十二首領之位？」

「我沒想那麼多。我的忍法『潛蛹』仍未臻完美，根本不能見世——」

松蟬失笑。

「我又惱又恨，只想殺了他。」

「…………」

蝙蝠雖未點頭，心裡卻明白松蟬這番話並無虛假。若非如此，他不會用勒頸殺人這等粗糙的手法——他可以做得更加天衣無縫。他勒頸殺人，眾人便知春蟬不是因新忍法失敗而死，而是為人所殺了。

這番舉動近乎自暴自棄。

蝙蝠化身為春蟬出現於真庭里之時，松蟬自然是大吃一驚，難怪他會這麼快便現身於廣場之中。

蝙蝠絲毫不了解春蟬。

縱使忍法「骨肉雕塑」再怎麼高超，蝙蝠假扮春蟬，定有不自然之處——身為舊友的松蟬應能看出破綻才對。

但松蟬卻渾然不覺，直到蝙蝠自揭身分才恍然大悟。

想必這亦是自暴自棄的結果吧！

「……你打算——」

松蟬緩緩地站了起來。

「你打算如何處置我？蝙蝠前輩。」

「……不怎麼辦。」

蝙蝠低聲回答松蟬的問題。

「我幹的是忍者這一行——向來認為被殺是自己糊塗，怨不得別人。借用狂犬的說法，會被自己人殺害的人根本沒有與人為伍的資質。倘若春蟬真有成為十二首領的格局——縱使你想殺他，也無法得逞。」

「…………」

至少春蟬該懷著提防之心——

提防好友刺殺自己。

「咱們是忍者，不管旁人怎麼說，咱們終究是以卑鄙卑劣為招牌的下三濫，自己的性命該由自己保護。雖然殺害弟兄是大罪——不過我無意制裁你，也不打算告訴別人。」

目前真庭忍軍的首領只有一個，便是真庭鳳凰。

狂犬曾說，或許鳳凰便是為了引出真庭松蟬這類鼠輩，才突然提出改行十二首領制之議——蝙蝠亦有同感。

不過這是兩碼子事。

既然鳳凰沒有明說，就不是命令。

「再說，其實我挺佩服你和春蟬的。一個為了目的不惜欺瞞至友，另一個則以牙還牙，以眼還眼……真虧你們有這股熱忱。我便是缺乏這些物事——缺乏野心及目的，怎麼也沒辦法和你們一樣。唉呀，你們兩個實在了得！」

「……這話怎麼聽都是諷刺，蝙蝠前輩。」

說著——松蟬往後退了一步。

他微微冒出了冷汗。

「也罷——我也不奢求蝙蝠前輩能懂。總歸一句，你願意放過我，不追究殺害弟兄這條大罪？」

「是啊！殺害弟兄乃是稀鬆平常之事。」

說時遲，那時快。

就在剎那之間。

真庭松蟬似乎也有所警覺，往後一縱，企圖逃走——然而真庭蝙蝠口中高速吐出的手裡劍卻快了一步，刺入松蟬的咽喉。

「所以——我殺你也是稀鬆平常之事。」

真庭蝙蝠一派平靜，以曉以大義的口吻說道。

「這不是鳳凰的命令——他打什麼算盤與我無關。真庭松蟬，我是出於我的意志殺你。」

不知松蟬可有聽見蝙蝠這番話？

只見他嘴巴一張一闔，似乎有話想說——卻又說不出來，緩緩倒地。

他的死相與安詳二字相去甚遠。

蝙蝠俯視松蟬的身體片刻。

「結束了麼？」

此時，又有人從背後對他說話。

「嗯。」

他答道。

這次他連頭也沒回。

是真庭狂犬。

為防萬一，蝙蝠事先將一切告知狂犬，並託她幫忙把風——想當然耳，方才真庭蝙蝠與真庭松蟬之間的對話她全都聽見了。

然而她不愧是以觀察者自居的女人。

臉上依然一如平時——掛著吃定人的笑臉。

「唉！」

狂犬說道。

「就這樣。」

這就是——

真庭狂犬對這件事發表的唯一官方見解。

不愧是狂犬。蝙蝠露出了苦笑。

這正是比誰都珍視真庭里——比誰都重視弟兄性命的真庭狂犬。

「不過這麼一來，忍法『潛蛹』的廬山真面目就永遠成謎啦——你那一套假死狀態什麼的，只是臨時胡謅出來的謊言吧？」

「沒辦法，忍法是靠自己學的——對吧？」

「話是這麼說……」

「搞不好原理真的和蟬的幼蟲一樣呢！」

「嗯……」

「狂犬。」

蝙蝠一面仰望黑夜，一面說道。

「我決定——當十二首領了。」

「……不管你願不願意，你都得當的。」

「我的意思是我願意當了。」

「為什麼？」

「為了不讓真庭里中……」

他的視線前端雖然只有真庭松蟬的身體。

但看起來卻像和春蟬的身體重疊著。

「再度出現這種蠢蛋。」

「嗯，那就當吧！」

真庭狂犬用一副滿不在乎的口吻回答。

接著她又問道：

「對了，松蟬的屍體該如何處理？人是你殺的，可不能見光啊！」

「是啊！那就挖個洞埋起來吧！」

◇
◇

此後，如眾人所料，真庭蝙蝠正式成為真庭忍軍初代十二首領，並如眾人所料，立下了諸多汗馬功勞；他的名號代代承傳，直至兩百年後。

（終）

第二話

初代 真庭食鮫

◇◇

這個故事是發生在列國交戰、天下播亂的時代。

◇◇

1

◇
◇

忍者真庭食鮫在真庭里中赫赫有名，而她的名氣全是起因於那罕見的性格。真庭里中盡是特立獨行之輩，乃是眾所皆知之事；而真庭食鮫就某種觀點而言，又與周遭的人有著顯著的不同。

她素有「落淚食鮫」之稱。

她的內心充滿了慈愛。

她的行動充滿了情愛。

她的目的充滿了至愛。

總而言之，真庭食鮫是一個充滿愛心之人。

她是個和平主義者。

身為忍者，她是個異類——倘若唯命是從、不對他人懷抱任何感情、抑制自身情感乃是忍者的至上課題，那麼真庭食鮫可說是完全反其道而行。

當然，專事暗殺的忍者集團真庭里中有不少例外的異類——甚至該說為數者眾——但食鮫可是極端中的極端。

「你可曾想過人為何出生於世？」

食鮫常把這句話掛在嘴邊。

這不是問題，而是自問。

因此答案向來是確定的。

她往往不待對方回答，便如歌唱，又如朗誦一般地續道：

「是為了替這個世界帶來和平與秩序——再無其他理由，也斷不會有其他理由。爭鬥是多麼愚昧的事啊！毫無價值，毫無意義，窮極無聊。我所具備的一切『力量』，都是上天為了在世上建造樂園而賜予我的。當然，不光是我——我確信各位的忍術也該用於這個目的之上。」

不消說——

真庭忍軍之中根本沒人聽信這套天方夜譚——真庭蝙蝠甚至聽到一半便哭笑不得地消失無蹤了。

不過，真庭食鮫確實有本事說這番話。

她具有發言權。

因為她是個武功高強的忍者。

她花了五年悟出的忍法「渦刀」是套技壓群雄的忍術，也因此她雖然老作春秋大夢，滿腦子盡是不切實際的思想——但眾人仍然認為近日選拔真庭忍軍十二首領之時，忍者真庭食鮫定是榜上有名。

◇　◇

真庭里的風景活像世界的盡頭，里中深處有個大瀑布，居民都稱之為「不得見瀑布」。那是個不辱其名的巨大瀑布，即便是實戰級的忍者，沒有首領的許可也不得接近。

然而，眼前卻有個女子投身於瀑布之中，雙手在胸前合十，任憑急流拍打。

在「不得見瀑布」底下修行。

換作常人，撐不到兩秒便會被水壓壓扁。

忍者能撐上一分鐘，便算是難得可貴的了。

但那名女子——卻顯得泰然自若。

彷彿瀑布底下便是她的住處一般，閉目合十，心平氣靜地在零下水溫之中——頂著猛烈的水流，漂浮於潭面之上。

正確說來，她並非直接漂浮於水面之上，而是直立於漂在水面的薄草蓆之上——不過看在旁人眼裡，這和浮在空中沒什麼兩樣。

或許飛天還要來得容易許多。

「真是的——自古以來，只有聖徒才會站在水面上，忍者搞這招幹什麼？——若是使用忍法『足輕』倒也罷了，妳居然不用忍術便能辦到，真教我佩服得五體投地啊！」

此時。

有個人望著在瀑布底下修行的食鮫，一面說著這番不知是佩服、輕視抑或錯愕的話語，一面從樹林之後現身——那人便是真庭里的觀察者，真庭狂犬。

她看來是個不到十歲的女童，外貌和那番老氣橫秋又冷嘲熱諷的口吻全不相襯。

她的全身上下都刺滿了咒術般的刺青，圖樣相當精細，令人見了不由得心神撼動。

「唉，話說回來，食鮫，對妳而言，水這種玩意兒便如空氣，不管是瀑布、大雨或洪水——對妳這條魚來說，都像朋友一樣。」

「…………」

食鮫依然閉著雙眼。

雖然瀑布聲震耳欲聾，但她仍把狂犬的一番話聽得一清二楚，毫無遺漏；只見她緩緩張口，平靜地說道。

「我以聖徒自任——我雖是忍者，更是聖徒，狂犬姊。所以我並未壞了自古以來的規矩。」

這番話極有食鮫之風。

因此——狂犬並未反駁。

倘若這番話是出自於食鮫以外之人，狂犬或許會一笑置之——不，不止一笑，是哈哈大笑；不過由食鮫來說，卻有股不可思議的說服力。

食鮫的話語雖然平靜——

雖然嫻靜，卻有一股驚人的魄力。

聽來雖然滑稽至極，卻充滿一心救世的真誠。

食鮫不但是忍者，亦是聖徒；是忍者，更是聖徒。

在真庭里悠久的歷史之中，這種忍者前無古人，後無來者，唯有真庭食鮫一個——連自詡為真庭里觀察者的真庭狂犬都這麼說了，鐵定錯不了。

「呵！」

食鮫輕輕一笑。

或許是認為狂犬既已到來，便無法繼續苦修了吧（事實上的確如此），食鮫從潭裡朝著陸地移動——這回她留下草蓆，直接步行於水面之上。

那動作不似漂浮。

對她而言，水便如空氣。

亦如同大地。

如狂犬所言，這等雕蟲小技對食鮫而言根本稱不上忍術——只是普通、普遍又尋常的日常行為。然而為了修得這套雕蟲小技，不知有多少忍者丟了性命。

「足以支持實力的思想——不，該說是足以支持思想的實力才對？都一樣，反正不管是哪一種，我都無法理解，但卻不得不認同。」

狂犬一面等待食鮫，一面自言自語。

這可是件大事。

狂犬「無法理解」的忍者在真庭里中屈指可數——不，連數都不用數；除了真庭食鮫以外，頂多只有一個——那就是有真庭忍軍頭號神祕人物之稱的真庭白鷺。不過他是例外中的例外，原就不該列入計算。

真正該列入計算的——

不是別人，正是真庭狂犬本人。

「——我可不想被當成同類啊！」

「妳說什麼？狂犬姊。」

此時。

真庭食鮫已離開河水，腳掌踏上了陸地；她身上滴水未沾，活像一路都是走在地上似的。

那身獨特的無袖忍裝以及纏繞全身的鎖鍊也都是乾的，連半點兒溼氣都不帶。

在短短二十來步的距離之間——已經全乾了。

「如妳所見，我可不是閒著沒事幹。」

「我瞧妳是閒著沒事幹啊！才有閒工夫修行。」

「在妳看來或許是如此吧！狂犬姊——妳總是潑我們這些俗人冷水，實在太殘酷了。」

「什麼俗人？妳不是聖人麼？」

「我還在修行中呢！」

說著，食鮫露出了苦笑。

當然，這番話只是說笑。

雖然食鮫終日作著春秋大夢，老把「建造沒有紛爭的樂園」掛在嘴邊，但還不至於聽不懂玩笑話。

其實她相當平易近人。

真庭里中多的是落落寡合之輩；當然，就大範圍觀之，食鮫與狂犬亦不例外——不過若將範圍限於真庭忍軍之中，她們已經算得上是合群之人了。

想當然耳，那只是表面。

食鮫的思想是個大問題。

而狂犬的忍術——已經不能用問題二字論之了。

「好了，怎麼了？真庭里的觀察者兼旁觀者，又是真庭忍軍說書人的真庭狂犬，找我這個真庭忍軍的離群者，究竟有何貴幹？」

「離群二字是用來形容蝙蝠那種人的，妳不叫離群者，該叫怪人。」

狂犬毫不留情地說著毒辣的話語。

食鮫似乎早已習慣了，若無其事地答道。

「或許是吧！其實我也不願如此——但我的救世思想似乎化為了他人的壓力，無可奈何，我也只能乖乖接受怪人這個稱號了。」

「用壓力二字就能打發麼？」

「不過，狂犬姊。」

食鮫說道。

「無論是武士、忍者，甚或農民——只要是人，都會有想保護的物事。這物事或許是家人，或許是朋友，或許是村莊，又或許是整個國家——甚至是自己也無妨。總之，人都有想保護的物事，也有該保護的物事；既然如此，只須身體力行即可。倘若人人都能專心致志於保護所愛之上——這個世上就不會有紛爭了。」

「……我想保護的，只有這個真庭里。」

狂犬吊兒郎當地說道。

她半閉著眼睛，顯然把食鮫的一番話當成馬耳東風。

事實上——整個真庭里中找不出半個還沒聽膩食鮫說法的人。只要被她逮住，就得被迫聆聽數刻鐘的大道理。她所說的雖然正確，甚至可說是正確過了頭——但事情總有限度。大多數人都對她的一廂情願感到厭煩至極。

就連現任首領真庭鳳凰都避著食鮫。

所以才說她是怪人。

「只要真庭里健在，我別無所求。」

「是啊——妳只要保持現狀即可，狂犬姊。」

食鮫絲毫未將狂犬的表情放在心上，點了點頭，續道：

「我也一樣，只要保持現狀即可。不過，狂犬姊——很遺憾，真庭里不可能永遠健在。因為包含妳、我及所有其他人在內，忍者這種人——唯有在亂世之中才有存在意義。唯有戰國時代，才能容忍我們這種法外之徒。因此——待亂世結束，戰國終結，忍者只有滅亡一途，無論是真庭忍軍或相生忍軍皆然——」

「如果只聽我們的宿敵相生忍軍滅亡的這部分，這番話倒還挺中聽的——不過真庭忍軍滅亡這一句可就不怎麼中聽了。在我看來，真庭忍軍乃是不滅的集團。」

即使再怎麼無法無天、喪盡天良。

狂犬如此作結。

然而食鮫不許她如此作結。

「誰說真庭忍軍無法無天、喪盡天良？」

她說道。

「啊……？」

饒是狂犬，也不由得面露困惑之色。食鮫又繼續說道。

「真庭忍軍乃是正義的集團。」

食鮫放出了第二枝箭。

這會兒狂犬可說不出半句話來了。

食鮫不以為意，說道。

「一手接下所有骯髒的工作，永遠為他人而戰——這不是正義，又是什麼呢？我以聖徒自任，又以忍者為務，便是因為忍者乃是為了弭平紛爭而暗中活躍的正義化身。」

真虧她這番話能說得臉不紅、氣不喘。

包含真庭忍軍及相生忍軍在內，世上的忍者多如過江之鯽，不計其數；不過在眾多忍者之中——

以正義自詡的忍者，大概只有真庭食鮫一人吧！

沒想到她症狀這麼嚴重。狂犬小聲說道，食鮫似乎沒聽見。

「但即使是正義，也絕非不滅——狂犬姊。」

食鮫續道：

「倘若世上真有不滅的物事，那就是和平與秩序。」

「那種玩意兒在世上從沒出現過，至少我沒看過。」

「那當然——因為和平與秩序是存在於每個人的心中。」

又來了。

和她說話，當真是味如嚼沙。

食鮫總是滿口詭辯。

碰上食鮫，往往只有雞同鴨講的份——因為食鮫的眼中永遠沒有她的談話對象。

她的眼中所有的——

她夢寐以求的只有一樣，那就是沒有紛爭、充滿和平與秩序的世界。

「……既然妳那麼厭惡爭鬥，乾脆別當忍者了，找個無人島定居吧！反正真庭忍軍對於逃忍向來是睜一隻眼、閉一隻眼。或許妳不適合當忍者——比蝴蝶更不適合。」

「妳在胡說什麼？正義的化身——忍者，正是我的天職啊！」

「可是咱們真庭忍軍專事暗殺，是以殺人為業，應該違背了妳這個和平主義者的原則吧？」

「一殺千生。」

食鮫朗朗說道。

「殺一人而救千人，這就是我的和平主義。雖然我抱持和平主義，雖然我是和平主義者，但我絕不獨善其身；不弄髒手，是得不到有價值的物事的。為了消除紛爭——必須有所犧牲。」

「犧牲？不過是換個說法罷了。」

「說來可悲。」

「可悲麼？」

「很可悲。當然，我的罪過我會承擔，我造的孽我會承受，而該受的懲罰——我也會接受。世人都說我是理想主義者，其實我是為了實現理想而戰。雖然不知何年何月方能如願以償——但總有一天，世人將不再叫我理想主義者，而叫我現實主義者；那不是我放棄理想之日——而是我將理想化為現實之日。」

不錯。

真庭食鮫正是為了這個目的而當忍者。

「……唉，近來新將軍勢如破竹，或許真能乘勝進擊，一統天下——不過這場仗打完了，還有下一場。即使戰國時代終結，戰爭也不會結束。這個世界便是不斷的戰爭，連續的征戰；戰爭的連鎖構築了人世，這就是現實。」

「那只是目前的現實——將來的現實，便是我方才所說的理想。」

食鮫說道。

「管他是連續或連鎖，只要斬斷即可——用我的忍法『渦刀』。」

「……的確，天下間沒有妳的忍法斬不斷的物事；不過單憑一人之力便要消弭世上的戰爭，這法螺也未免吹得太響了吧？」

「大吹法螺，又有何妨？不能談論夢想的世間才是種錯誤。人們總說我空口說白話，只會作春秋大夢；但這樣的我——才是人應有的本色。相信不久之後，大家都會明白這一點的。」

「我一點兒也不想明白。」

說到這兒，真庭狂犬總算帶入了正題。

「食鮫，首領——鳳凰交代任務下來了。只要達成這個任務，妳便能如傳言所說的一般，成為真庭忍軍十二首領之一。」

2

◇
◇

真庭忍軍十二首領。

真庭里的首領向來只有一個，近來卻計畫改制易法，分立十二首領，可謂是真庭里有史以來的創舉。

這個大膽的方案恐有造成組織崩壞之虞，因此反對者眾，各方意見分歧，目前仍在試誤階段；然而真庭里的觀察者真庭狂犬卻有她的另一套見解──真庭忍軍原就是個人主義者集團，打一開始便不成組織；這個主意用在真庭忍軍身上，倒也不算太荒唐。

當然，對於細項，她還是有點兒意見的。

比如選拔基準。

是要憑身為忍者的功力來選呢？

或是憑人望來選？

這一節仍是含糊不清。

真庭鳳凰——現任首領在這兩點之上都是無可挑剔，可說是個完美的首領；然而正因為他如此完美，要選出十二個（這十二人必也包含鳳凰，因此正確說來是要選出十一人）同樣優異的首領可就難如登天了。

真庭蝙蝠。

真庭螳螂。

真庭海龜。

以及真庭狂犬自己。

目前合適的人選只有這幾個——而真庭食鮫也是個難以割捨的人選。

無論她如何奇特。

無論她有著何種性格、何種思想。

真庭食鮫——的確是真庭里的體現者。

即使沒有下屬願意追隨她——即使沒有人贊同她的思想，她依舊夠格成為十二首領。

就另一層截然不同的意義而言，她和真庭蝙蝠及真庭狂犬一樣夠格。

正因為狂犬這麼想，這回真庭鳳凰交代任務給食鮫時，她只覺得「果然不出所料」。

真庭食鮫的任務——也可說是就任十二首領的課題——大致上可分為兩項，一是「救出俘虜」，一是「殲滅敵人」。

有句話要說在前頭——食鮫並不貪戀權勢，也不覬覦首領之位。她的目的是救世，並非支配。

就這一點而言，她足以媲美以無欲無求聞名真庭里的真庭蝙蝠——不過蝙蝠和食鮫應該都不願意和對方相提並論就是了。

尤其是食鮫，鐵定會強烈抗議。

食鮫並不是無欲無求。

雖然她無意成為首領——但若當上首領，離她的救世目標就更近一步了。

當然，看在旁人眼中，救世原本就是個無法達成的目標，無論食鮫是首領或一般忍者皆然——但對於食鮫而言，卻是大不相同。

因此食鮫毫不猶豫地接下了狂犬帶來的任務。

「這個任務挺適合妳的，就是難度高了點兒。剛才我們話裡也提過的宿敵相生忍軍俘虜了我方的五個探子，還寫了封書信來漫天開價，要求用五百兩金子贖人。唉，其實這只是在尋釁，對方也知道咱們不可能唯唯諾諾地奉上金子贖人。」

真庭忍軍再怎麼乖異，畢竟也是個忍者集團，可沒慈悲到付贖款救人的地步。

遇上這種情況，按照慣例，向來是放棄俘虜，見死不救——而俘虜也都有充分的覺悟。

忍者即是死者。

忍者即是死人。

忍者即是屍體。

不貪生，不畏死，才是忍者本色。

只可惜真庭食鮫——

「見死不救？不可能。」

乃是異類中的異類。

「明知弟兄被俘卻袖手旁觀，苟且偷安——天下間還有比這更愚昧的做法麼？」

「……唉，我就知道妳會這麼說。就算不把任務交給妳，一旦讓妳知道此事，妳也會獨自行動的。用不著我說，妳也知道真庭忍軍拿不出五百兩黃金吧？咱們真庭里是很精打細算的。」

「不打緊——用不著借助真庭里之力。我會基於我的思想，循著正道實行正義。」

她二話不說便答應了。

「是麼？」

狂犬點了點頭。

「這回我當督察，會在一旁觀看，請妳千萬謹言慎行，可別輕舉妄動啊！」

說歸說。

狂犬比任何人都清楚，真庭食鮫的行動不會受她的話語影響。

◇
◇

信上指定交付贖金黃金五百兩的地點離真庭里甚遠。

當地人稱之為「無風荒野」;該地的景色難以言喻,若要勉強形容,只能說是片空無一物的平原。

在這片空空蕩蕩的平原之上,無法使用任何小伎倆;不能設圈套,同樣地,也不能擬對策。

尚未靠近,便會被人察覺;相對地,有人接近,也能立刻發現。

相生忍軍。

不逃不躲的忍者軍團。

不愧是抱持實力主義的相生忍軍所指定的地點,與他們坦蕩的作風極為相符。

只見一群人待在平原正中央,其中五人便是俘虜,另五人則是團團圍住俘虜的相生忍者。

從忍裝的差異及臉上表情的不同，即可清楚區分出兩方人馬。

垂頭喪氣的是俘虜——真庭忍軍的五名探子；而全神戒備、留意四周的則是相生忍軍的五名忍者。

抓忍者當人質，簡直是荒天下之大謬！

你們再怎麼等，也只是白費工夫！

這場交易根本毫無意義！

要殺快殺吧！

犯蠢也得有個限度啊！

五名忍者七嘴八舌地說道，但相生忍軍並不認為這是荒謬、白費工夫或毫無意義之事。

在他們看來，殺死俘虜才是愚昧的作為。

因為他們知道——

真庭食鮫的存在。

這件事連轉達任務內容的真庭狂犬都不知道——其實相生忍軍在捎給真庭忍軍的書信之上，指名真庭食鮫帶著黃金五百兩前來贖人。

「落淚食鮫」。

抱持著忍者所不該有的思想——和平主義——的女子。

她使用哪種忍術，執行過哪些任務，無從知曉——但至少可以確定她不是個對弟兄見死不救的忍者。

因此他們擁有自信以上的確信——真庭食鮫定會前來赴約。

當然，他們並不奢望食鮫帶著五百兩黃金現身——但也無妨，用她的性命來抵即可。

真庭忍軍名將的性命。

如此輝煌的戰果，絕非五個嘍囉的性命所能比擬。

然而，遺憾又可悲的是——他們一無所知。

雖然他們知道對手並非嘍囉。

卻不知道對手人如其名，是條食人鯊。

「——可悲。」

真庭食鮫果然現身了。

由於她現身的方式太過自然，即使身在空空蕩蕩的平原「無風荒野」之中，仍教相生忍軍險些忽略。

「可悲，可悲，可悲，太可悲了——沒想到我竟然得眼睜睜地看著親愛的弟兄們被人俘虜、凌虐——實在是太可悲了。」

食鮫一面說話，一面如滑行水面一般，接近五名弟兄及五名敵人——合計十人的集團。

她遵照信中要求，沒有攜帶兵械；但她又違背信中要求，並未準備黃金五百兩。

一如相生忍者所料。

「妳就是真庭食鮫？」

相生忍者叫道。

五名忍者都拔出了刀，蓄勢待發。

他們面對食鮫和面對五名俘虜時完全不同，絲毫沒有活捉的念頭——反倒是一心想殺了她。

置之於死地。

殺之而後快。

倘若食鮫真帶了黃金五百兩來便罷，否則斷無留她活命的理由。因為在真庭忍軍之中吃人質這一套的，只有食鮫一人而已。

「把雙手舉起來，到這邊來！」

「…………」

食鮫乖乖遵照相生忍軍的指示，默默舉起雙手，緩緩地邁開腳步。

她的臉上依舊帶著悲傷，平靜而嫻靜，悲戚且哀戚。

「食——食鮫姊！」

一名俘虜按捺不住，大聲叫道。

「別——別過來！不、不用管我們——」

這句話未能說完。

因為身旁的相生忍者給了他一拳，教他閉上了嘴。

其他四名忍者也滿懷不安地望著真庭食鮫。

不，他們並未望著食鮫；他們的眼睛全向著地面，宛若感到萬分遺憾一般。

當然，他們比相生忍軍更了解這個真庭里名人——和平主義者真庭食鮫。

他們深知她絕不會見死不救——知道弟兄成了人質，絕不會坐視不理。

他們比誰都清楚，比誰都明白。

「可悲。」

食鮫又悲嘆了一句，方才說道。

「相生忍軍的各位——請冷靜想想，我們根本沒理由爭鬥。的確，如狂犬姊所言，相生忍軍是真庭忍軍的宿敵，而真庭忍軍亦是相生忍軍的宿敵；過去的歷史之中，我們向來是彼此憎恨——但這道歷史的鴻溝絕非無法填平，這面歷史的高牆絕非無法打破。我們之間或許有許多誤解和誤會——但我們該消除彼此之間的芥蒂。我們都是忍者，都是弭平紛爭的正義化身，不是麼？只要我們攜手合作，定能朝著世界大同邁進——」

「……看來她的性格果然和傳聞中一樣。」

聽了食鮫的理想論，五名相生忍者都啞然失笑。

「少胡扯啦！懦夫。」

相生忍者說道。

「忍者相爭還需要理由嗎？所有的忍者都是宿敵，是仇敵，是天敵，是大敵。就算沒理由相爭，也沒理由不相爭。別自作多情，自以為是！對於我們相生忍軍而言，真庭忍軍不但是敵人，更是商場上的死對頭。」

相生忍者朗聲說道，並將刀尖指向食鮫：

「也罷——既然妳是個討厭爭鬥的和平主義者，就乖乖受死吧！我就賞妳個痛快，讓妳再也感受不到悲哀。妳只有死路一條，沒有商量的餘地。只要妳死，我就放了這五人——真庭忍軍真庭食鮫的性命豈止五百兩？足抵千金啊！」

「……請別誤會。」

此時，食鮫已來到十數尺外，卻突然停下了腳步。

「我說可悲——是因為感嘆人世無常，雖無理由相爭，卻得殺了各位。」

說時遲，那時快。

五名俘虜之中，位於最後方的——方才對食鮫大叫的人腦袋突然從內側爆裂了。

砰！

宛若腦內被埋了炸藥一般，應聲破裂。

「…………？」

見狀，因占了上風而略為鬆懈的相生忍者個個不寒而慄。

而眾俘虜何止不寒而慄，根本是分寸大亂。

宛若脫了韁的野馬一般。

「嗚，嗚哇啊啊啊啊啊啊啊啊啊啊啊！」

「不要！不要！不要啊——」

雖然現在淪為階下囚，但他們好歹也是身經百戰的真庭忍軍忍者——竟會如此不顧顏面，大呼小叫。

方寸大亂，心神錯亂。

滿心恐懼，哭叫不休。

「我願意一死，可是——我不想死在妳的忍術之下啊！食鮫姊！」

這道叫聲來得太遲了。

當這句話乘風飄盪之時——說的人已經腦袋迸裂了。

砰！

砰！砰！砰！

四顆腦袋相繼破裂，便如脹破的氣球一般。

頓失意識的四人只能乖乖倒地。

「…………？…………？」

相生忍軍的五人——啞然無語。

這也難怪。他們對付真庭食鮫的王牌便是俘虜——但這五個俘虜卻突然暴斃，無一倖免。

局勢頓時大變。

更何況——

下手殺害五名俘虜的……

竟是前來營救五人的真庭食鮫。

「落淚食鮫」。

她究竟動了什麼手腳？

「……水是我的朋友，而人體有七成是水分形成的；這些水就是我的武器——我只是讓體內流動的血液起了一點兒漩渦而已。」

這正是忍法「渦刀」——

說著，食鮫落淚了。

一道淚水如鮮血一般——滑落臉頰。

「啊，可悲，可悲，多可悲啊——我居然得親手殺死弟兄。不過——被俘的忍者沒有活著的價值；不，他們根本不是我的弟兄。因為他們，才引發這種無謂的紛爭——根本用不著同情他們。死在我的手下，才是唯一可以對他們實行的正義。」

「什……什麼！」

一名相生忍者忍不住叫道。

「妳、妳不是絕不見死不救的嗎？」

「對，我沒有見死不救啊！我直接下手。」

食鮫說得理直氣壯。

她一面流著滂沱的淚水，一面義正詞嚴地說道。

連淚水也不擦。

「這些人本事如此不濟，就算我現在出手相救，有一天他們還是會落到別人手裡，再度引發無謂的紛爭——與其如此，不如趁現在斷絕禍根。」

「……真、真庭食鮫不是和、和平主義者嗎——」

「我的確是和平主義者，所以才為了和平，為了秩序——不惜付出勞力與犧牲。」

一殺千生。

真庭食鮫朗聲說道。

「殺一人而救千人——這就是我的和平主義。方才我殺了五人，換言之，便是救了五千人——啊！這是件多麼值得欣喜的事啊！理想又朝現實邁進了一步。照這麼看來，我被稱為現實主義者的日子不遠了。」

「這、這傢伙在胡說什麼啊——簡直亂七八糟，狗屁不通——」

「亂七八糟的是世間，所以我才——追求秩序。」

砰！

又一人——這回是相生忍者的頭顱爆裂。

到了第六人——食鮫的忍術總算殺了敵人。

忍術。

但她什麼也沒做。

只是雙手高舉，立於原地。

只消如此，真庭食鮫便能使出她的絕招——忍法「渦刀」。

原理為何——自然無人能知。

即使相生忍者明白她是透過空氣中的水分操控人體內的血液及其他水分，而她現在正站在足以操控水分的範圍之中——也無能為力。

只能眼睜睜看著食鮫使出無從防禦的招式，徹底絕望。

這種無從施展小伎倆的荒野——正是真庭食鮫的最佳戰場。

足以支持實力的思想。

足以支持思想的實力。

不管是哪一種——這就是真庭食鮫。

「又救了一千人。」

「嗚，嗚哇啊！」

相生忍者連逃跑的氣力都沒了，一個個軟了腿跌坐在地。

人質非但不管用——反而造成了反效果。

面對這種忍者，能做的事只有一件——便是討饒。

「請、請妳高抬貴手，留一條生路——」

「我這不就抬高了手，為你以外的一千人留生路麼？」

然而就連討饒都是反效果。

雞同鴨講。

對牛彈琴。

一殺千生。

這個思想——堅定不移。

這個思想——毫無空隙。

「忍法『渦刀』——」

砰！

「又一千人。」

砰！

「又一千人。」

砰！

「又一千人。」

砰！

「最後一千人——太好了，我今天總共救了一萬人。雖然付出了殺死十人的代價——相滅之下，還救了九千九百九十人。」

好個和平！

好個秩序！

啊，不過——

「可悲，可悲，可悲，可悲，可悲，可悲，可悲——」

真庭食鮫放任淚水汩汩流出，也不動手擦拭，只是喃喃說道。

「——殺人畢竟太可悲了。」

◇

◇

真庭里的觀察者真庭狂犬將真庭食鮫的所作所為——一如往常，尋常至極的作為——一五一十地向上稟報了。

雖然大半與會人士都認為，她那自以為是又專斷偏執的和平主義不適合當首領，但真庭鳳凰卻認為，食鮫的確用她的方式達成了「救出俘虜」及「殲滅敵人」兩個條件；於是乎，在鳳凰的裁決之下，食鮫成了真庭忍軍十二首領之一。

即使現實中沒人贊同她，沒人追隨她，只要有那強大的忍法及凶暴的思想，下屬就得乖乖聽命。

支配力——就某種意義而言，這種基於狗屁不通的和平主義及恐懼而生的支配力倒也算得上是種立於人上的才幹；而事實上，真庭食鮫所率領的忍團也確實在戰場上立下了許多汗馬功勞。

如此這般，真庭食鮫直到馬革裹屍、戰死沙場的那一刻，都沒有放棄她的思想，一心為了和平與秩序而戰——只可惜她直到臨死前的最後一刻，都未能被稱為現實主義者；而經過了近代，來到了現代，和平與秩序依舊未曾造訪人類的歷史。

（終）

第三話

初代・真庭蝴蝶

◇ ◇

這個故事是發生在列國交戰、天下播亂的時代。

◇ ◇

1

◇
◇

忍者真庭蝴蝶會被選為真庭忍軍十二首領之一，是誰都料想不到的，包含他本人在內。真庭蝴蝶並非無能，亦非沒有人望——但他身為忍者，卻有個莫大的缺陷。

那就是體格。

他——是個人人都得仰頭才能窺見全貌的大漢。

他的身高遠遠超過七尺，直逼八尺；一雙腳長得醒目，手臂長度也脫離常軌。

即便從二十丈外，也看得見蝴蝶；縱使在兩千人之中，也認得出蝴蝶。

他的身體之大，直可以奇妙二字形容。

倘若身為武士，或許他早已出人頭地。

事實上，若單比力氣，真庭忍軍之中無人能出蝴蝶之右——只可惜忍者並非單比力氣的生物。

所謂忍者，乃是隱身之人，潛藏之人，避人耳目之人。

在戰場上，他巨大的身軀成不了武器——反而是種弱點。

無論他本領如何過人，無法發揮在忍者行業之上，也是枉然。

「唉，無可奈何——只能乖乖認命啦！我總不能怨恨父母生給我這副身軀吧？身強體壯是我唯一的長處，我就好好當個小卒，執行分內的任務吧！」

如同他本人所言，他並不因自己的際遇——自己的不遇而怨天尤人。

真庭蝴蝶是個豪爽的男兒。

正因為如此，為他生來便欠缺十二首領資格而悲嘆的人不在少數——自詡真庭里觀察者的真庭狂犬雖不到悲嘆的地步，卻也覺得惋惜。

現任真庭里首領真庭鳳凰難得交代狂犬一個活動性任務，而這個任務她明明可獨力完成，卻帶真庭蝴蝶同行——便是出於這份惜才之心。

結果——

狂犬的心血來潮之舉，竟大大改變了真庭蝴蝶往後的命運。

◇　◇

深夜時分。

有兩道人影奔馳於險峻的山中——不，那速度快得連影子也不留，連眼睛也追不上。

他們並不是在地上奔跑。

而是奔馳於茂密的樹林之上。

沒有折斷半根樹枝，沒有踩落半片樹葉——與自然合為一體，破風疾馳。

這兩道人影便是真庭狂犬與真庭蝴蝶。

全身刺青的真庭狂犬雖然貌若女童，其實她不但是真庭里的觀察者，又是老將兼泰斗，就某種意義而言，說話的影響力甚至大過首領真庭鳳凰。

真庭蝴蝶有著過長的雙手、過長的雙腿、過長的胴體及過長的身軀；他便是受這過於龐大的身體所累，無法一展長才。

這兩人並肩齊驅地奔跑著。

當然，矮小的狂犬與龐大的蝴蝶步伐完全不同——正確說來，他們的步伐大小有三倍差距，但狂犬不愧是經驗豐富的老將，完全不受影響。

他們正在完成任務後的歸途上。

「……呿！媽的，這些傢伙真纏人——！」

狂犬用著鮮少使用的埋怨語氣說道，窺探身後。

說歸說，她並未回頭。

只是憑著氣息來打探後方的動靜。

「到底要跟到何年何月啊？真是的！」

「對、對不起，狂犬姊，都是因為我——」

蝴蝶愧疚地對狂犬說道——當然，此時他並未停下腳步，反而加快了速度。

「——才會變這樣。」

「哈！」

狂犬笑了，勉強笑了。

她為自己口出怨言而感到慚愧。

「——這不是你的錯，只是咱們運氣不好而已——」

他們的任務是成功了。

但這是理所當然之事——真庭狂犬親自出馬，豈有不成功之理？以她的實力，無論是哪種任務都能馬到成功。萬夫莫敵這句成語便是為了她而存在的——無須修行練功，越活越強，正是真庭狂犬這個忍者的特色。

這回她帶著蝴蝶同行，也不是因為需要幫手，只是顧慮到眼下正值選拔十二首領的時期，怕蝴蝶觸景傷情——這一點，蝴蝶也心知肚明。

雖然他覺得狂犬多慮了，但這份多慮卻比狂犬的體貼更讓他高興。

對於如此關照自己的狂犬，他除了感激，還是感激。

——可是我卻……

——我真是太沒用了。

問題是發生在任務完成不久後——狂犬與蝴蝶在毫無關係之處，於偶然之下不巧被敵方陣營的相生忍者給發現了。

——不。

——不是偶然，也不是不巧。

更不是運氣不好——這一點蝴蝶比任何人都清楚。

露出馬腳的理由沒有別的——正是因為蝴蝶的巨大身軀。

狂犬（現在）的矮小身軀正適合打探消息，斷無被人發現之理——即便被發現了，敵人見了貌若女童的她，也決計料想不到她便是真庭忍軍的忍者。

但蝴蝶不然。

蝴蝶奇人異相，任誰見了都會忍不住起疑——打一開始便被人用懷疑的眼光審視，自然很快就露出馬腳了。

他們不能擊退發現者。

這麼做會妨礙接下來的任務——他們必須盡快遠離現場，連打鬥跡象都不能留下。相生忍軍雖然是他們的死對頭，此刻卻不是爭鬥的時候。

當然，對手可不管他們的苦衷。

他們越想避免爭鬥，對手便越是乘機追擊。

所以他們只能三十六計，走為上策。

「十個人啊——比剛才更多了，活像老鼠生孩子——」

狂犬這會兒總算恢復了平時的風範，半開玩笑地說道——但仍然掩飾不住焦慮。

「倘若能一瞬間把十個人都殺了，那就沒問題——可我辦不到。蝴蝶，你的真庭拳法行不行？」

「我的——」

蝴蝶答道。

「我的真庭拳法不適合以寡敵眾——這種狀況之下，只怕連一個人都殺不了。」

「是麼？」

狂犬似乎並不怎麼失望。

彷彿在說這種狀況之下，已經沒有任何事情能讓她更加絕望——反過來說，正表示他們已經被逼到了死胡同裡。

「敵人之中又沒有女忍者——搞什麼，這下子我這個狂犬姊可是英雌無用武之地啦！傷腦筋。」

真庭狂犬自虐地笑了。此時，她居然踩斷了腳下的樹枝。

這一幕映入了蝴蝶的眼簾。

現在的狀況糟得令狂犬踩斷樹枝？

不——不對。

——其實並沒糟到這個地步。

雖然糟，但還不算糟到極點。

「——也罷，就算如此，也得設法保全你的性命。蝴蝶，放心吧！真的逃不了的話，我會留下來抵擋他們。如果被發現的只有我的屍體，還能勉強蒙混過去。」

「狂犬姊，別說了。」

蝴蝶下定決心，如此說道。

他的語氣雖然平靜，卻相當堅決。

「像妳這樣的高手居然想犧牲自己的性命來保我活命——保全我這個小卒，不是忍者該為之事。」

「……蝴蝶。」

「為何不命令我自盡呢——倘若沒有我，以妳的能力，管他追兵有十人百人，妳都能在一瞬間將他們殲滅殆盡。」

這麼做並不是無情。

為了真庭里——這是理所當然的決定。

其實狂犬也用不著下令，她大可用自己的手出其不意地砍下蝴蝶的腦袋，不必管蝴蝶的意願。

蝴蝶不希望狂犬小覷了他。

雖然他生來便沒資格成為十二首領——也不是獨當一面的忍者，但這點兒覺悟他還有。

「……別教我殺害弟兄啊！」

不知何故，真庭狂犬的語氣像在鬧彆扭。

這是她頭一次露出——至少是蝴蝶頭一次看見她露出這種符合女童外貌的神情。

但那也只在一瞬之間。

真庭狂犬隨即恢復為平時那種老氣橫秋的觀察者表情。

「不過，你說的確實有理。不如這麼辦吧，蝴蝶——咱們改變計畫，兵分二路。我來引開追兵，你繞遠路回真庭里去。」

「咦——但這麼做，完全無法減輕妳的負擔，只能保障我的安全。在這種狀況之下，我一個人活下來並沒有任何意義。」

「當然有，我可以放手一戰。」

狂犬斷然說道。

「我是真庭里的觀察者，從不覺得真庭里的事是負擔。再說，你也不是絕對安全；倘若我不慎讓追兵逃走，到時就輪到你展身手了。你可得在一瞬間——用快過任何人的速度收拾對方。」

快過任何人。

不知何故，這句話——在蝴蝶心中留下了格外深刻的印象。

無論如何，眼下沒時間爭論——再說，蝴蝶也沒有絲毫違逆狂犬的念頭。他素來唯命是從。

更何況狂犬改變計畫，乃是為了他的安危著想——這讓蝴蝶高興得險些掉淚。

——我還以為……

——我的淚水早在很久以前便流乾了。

蝴蝶本以為真庭忍軍中會流淚的忍者只有「落淚食鮫」一個。

他沒想到自己居然還留有這一點兒人情味。

真庭蝴蝶連頭也不點，便活動巨大的身軀，如疾風一般迅速地離開了真庭狂犬身邊。

◇　◇

真庭拳法。

在忍者村真庭里中，學習這門拳法的人少之又少；說白了，這門拳法便和傳統技藝差不多。而真庭蝴蝶便身兼這門拳法的代理師父。

無論蝴蝶如何努力修行忍法，橫豎是比不上其他人；既然如此，不如活用自己的體格，鑽研適合自己的武功。

他走對了方向。

如今他已是日本數一數二的拳法家——即使對手使用忍術，也足以抗衡。

他的拳法的確不適合以寡敵眾。

不過——在一對一的情況之下，便能發揮實力。

他有自信，一對一絕不輸給任何人。

然而對忍者而言，一對一的狀況並不常見——不，豈止不常見？以一敵一，乃是忍者的奇恥大辱。

以寡擊眾卻能平安脫身。

或者以眾擊寡，將敵人殺得片甲不留。

這才是忍者的常理。

更甚者——當忍者置身於與敵人正面對峙的狀況之時，便代表他捅了什麼樓子。

一個完美的忍者，能夠神不知、鬼不覺地接近敵人，神不知、鬼不覺地攻擊敵人，讓敵人死得不知不覺、不明不白。

這就是忍者。

這才是忍者應有的風範。

以真庭忍軍第一奇人——包含鳳凰及狂犬在內，無人能夠理解的頭號怪客真庭白鷺為例，雖然他總是站在最前線，不藏不躲，光明正大地打仗，但他的忍法至今仍無人能解。

話說回來，真庭白鷺也是個絕不會被選為首領的人就是了。

——如果我能平安回到真庭里。

——或許該稍微想想今後該何去何從。

不，不是稍微，是仔仔細細，深思熟慮。

與真庭狂犬分別，已過了半刻鐘——這段時間裡，真庭蝴蝶連吐氣的空檔都沒有，只是一面奔跑，一面想著這些事。

倘若計畫順利進行，狂犬應該已經將相生忍軍的追兵全數殲滅——至少沒人前來追趕蝴蝶。

當然，蝴蝶不能因此放慢腳步——但可以稍微鬆一口氣。

說歸說，真庭蝴蝶可沒粗枝大葉到因此一掃後悔及反省的地步。

在敬重的老前輩庇護之下，苟延殘喘——根本是忍者之恥。

他立誓一輩子好好當個小卒，誰知自己竟連小卒都當不好。

倘若他是食鮫的屬下，早就被她以「妨礙和平與秩序」為由而立刻處決了。

他不光是不配當首領，連當忍者都不配——不，這一點早在他長成如此高頭大馬之際便已明白了。既然明白，既然心知肚明——

為何沒在身高超越六尺之時自盡？蝴蝶現在為此而悔恨不已。

「……總之，現在先設法回真庭里吧！反正之後鳳凰大人也會處分我——乖乖受罰便是我唯一能做的事。」

現在的我，連死的權利也沒有。

至少用這種形式——貫徹小卒生涯吧！

蝴蝶一面想著，一面奔跑。

但他突然停住了腳步。

「……………？」

他不是因為疲累而停下腳步。

別的長處他沒有，唯有體力勝過尋常忍者數倍。最好的證據，便是他跑了這麼長的路程，呼吸卻絲毫不亂。

他只是感覺到奇妙的氣息，方才停下腳步。

「……是了，這一帶是野獸常經之地。這麼一提，狂犬姊說過有熊出沒——」

蝴蝶慎重地打量周圍——判斷方才感覺到的應該是動物的氣息。

即使是動物也大意不得。深山之中的動物往往比追兵更難纏，須得全神戒備；不過蝴蝶仍是暗自鬆了口氣。

就在他鬆了口氣的瞬間。

「…………！」

他聽見了聲音。

天下雖大，能聽出這道聲音的人——包含真庭蝴蝶在內，只怕不到十個。

換作其他人，鐵定以為是風聲。

若非蝴蝶也曾讓身體發出同樣的聲音幾萬、幾億、幾兆回，是決計聽不出這道聲音的。

蝴蝶無暇思考。

他的雙腳自然而然地循聲走去——距離應該不遠。

真庭蝴蝶的胸口怦怦跳動——他從樹梢跳落地面，並未掩藏腳步聲，毫不猶豫，毫不遲疑，一直線走了過去；這一刻，他將眼下的狀況全拋到了九霄雲外。

果不其然。

映入眼簾的景象正如他所猜想。

腦海中描繪的景象，栩栩如生地呈現眼前。

只見一名男子在天然形成的挑高空地之上全神貫注、一心一意地打著拳。

手臂劃破空氣的聲音靜靜地響著，連續不斷。

「……？」

此時，男子發現了蝴蝶。

蝴蝶本來就沒隱藏氣息——更何況他生得如此高頭大馬，一旦靠近，總會被發現的。

見了蝴蝶一身無袖忍裝、鎖鏈纏繞的奇異裝扮，男子豪爽地大笑。

「哈哈！我還是頭一次看到個頭比我更高的人——你可真厲害！」

自幼在忍者里中生長的蝴蝶還是頭一次被人稱讚體格——而這也是真庭忍軍下忍真庭蝴蝶與虛刀流開山祖師鑢一根命運性的相逢。

2

◇
◇

虛刀流開山祖師鑢一根。

當然，此時的他尚未建功立業，什麼也不是——只是個尋常的修行者。

修習武術的修行者。

此刻的一根，正在深山中閉關修行。

大丈夫生於亂世，當帶三尺劍立不世之功；但一根並未從軍報國，只是默默地在深山野地之中修行——看在真庭蝴蝶眼中，可說是個十足的怪人。

彷彿對世上的一切毫無興趣，唯有鍛鍊自己的身體才有價值。

蝴蝶不禁忘懷一切，出神地看著一根的一舉一動。

現在並不是幹這種事的時候。

對眼下的蝴蝶而言，首要之務便是立刻趕回真庭里——他沒有閒工夫四處閒晃，更沒有時間停留原地。

真庭狂犬捨身抵擋追兵，掩護蝴蝶逃走——我怎能不回報她的一番高情厚意呢？

蝴蝶甚至聽見了自己捫心自問的聲音。

然而蝴蝶卻覺得——見了這名男子，卻視若無睹，直接離開，才是更大的背叛。

是背叛狂犬？背叛真庭忍軍？

還是背叛了自己的肉體？

他不明白。

蝴蝶猶豫了一瞬間。

接著，他不再多想——從心所欲。

對鑢一根出拳。

◇　◇

無須言語。

無須交談。

無須問答。

這場比試自然而然地展開了，彷彿從許久以前便約定好似的。

真庭蝴蝶朝著鑢一根出招。

鑢一根滿面欣喜地接招。

他們不知彼此的姓名、彼此的來歷，卻察覺了彼此的相似之處，惺惺相惜——

大打出手。

「叱！」

第一招是蝴蝶較快。

一根雖也長得相當高大，但如他本人所言，終究不及蝴蝶；莫說身高，就連手臂長度也是蝴蝶穩占上風。

真庭蝴蝶如運鞭一般運臂，拳頭直向一根臉上攻去。

他的攻擊距離長得嚇人，從遠方飛來的威猛拳頭直教人抓不準距離感。

「呼——」

一根吐了口氣——彈開了拳頭。

他不閃不接，竟是硬生生地彈開了拳頭。

這個舉動正是一根對自己的肉體擁有絕對自信的證據。他深信無論是哪種招式，都無法傷害自己千錘百鍊的身軀。

見狀，蝴蝶滿心歡喜。

說來奇怪，自己的拳頭被彈開，居然教他喜不自勝。

擁有如此自信的人近在眼前，令他歡喜至極。

帶著這股歡喜，蝴蝶又揮動了另一隻手，這回他豎掌為槍，從遠處刺向一根——但一根不容他得逞。

一根反守為攻，追擊方才彈開的手臂。

他牢牢抓住蝴蝶的手腕，一口氣使上全身重量，扣下蝴蝶。

——關節技！

劈頭就來這招？

若是手肘被他扭斷，勝敗就成了定局，蝴蝶可不願如此。蝴蝶搶先一步，順著一根的動作一躍而起，巨大的身軀在空中轉了一圈，以拖延一根徹底扣住關節的時間。

倘若此時有人觀戰，見了蝴蝶這一瞬間的動作，定要大吃一驚。沒人料想得到生得虎背熊腰的蝴蝶竟能有如此矯捷的身手。

然而對蝴蝶而言，這一招稀鬆平常。

他方才出這一招，只是為了爭取時間。

而他爭取到的時間——只有一秒鐘。

雖然僅僅一秒，但有了這一秒，便已足夠。

真庭蝴蝶可在一秒之內連出五拳。

一根直覺靈敏，心知不妙，立刻放開蝴蝶的手——但他可沒老套地拉開距離，反而更加靠近蝴蝶。

這已經不叫短兵相接，而是肌膚相親了。

論道理，這麼做相當正確；蝴蝶長手長腳，攻擊範圍極寬，要對付他，遠離不如靠近。只是要靠近難如登天，但一根卻如套招一般，輕輕鬆鬆地完成此舉。

說來驚人，一根竟就著這個距離——

就著這超近距離——朝著蝴蝶的頭顱踢出一腳。

若無駭人的柔軟性及爆發力，是決計使不出這一招的。

這一腳來自真庭蝴蝶完全料想不到的方位，他豈躲得過？

打從自娘胎出生以來，蝴蝶從沒被人攻擊過頭部，也難怪他反應不及。

說歸說，他可不能就這麼屈居劣勢。

既然躲不過——就硬碰硬。

只見蝴蝶瞬間彎起長臂，手肘朝內一轉，往踢來的腳撞去。

這一招稱不上肘擊；若是換作蝴蝶以外的人使出，頂多只能叫自暴自棄。

因為這等於親手毀掉好不容易逃過一劫的手肘，可說是愚昧至極。

而這招也彈不開一根的腳，只能玉石俱焚——拿人體最硬的部位與人硬碰硬，壓根兒不是忍者招數，而是拳法家的防禦招式。

——不。

——不叫防禦。

真庭拳法之中本來就沒有防禦概念，只有攻擊。

在挨打之前先行進攻——是真庭拳法的基本原則。先下手為強，乃是真庭拳法的美學。倘若對手搶先出招——攻擊對手進招所用的部位，亦是基本原則。

是美學。

——忍者談論美學？

——當真是愚昧至極。

蝴蝶衝著踢腿使出的肘擊奏了效。

他刻意緩了一拍再撞上去，如此一來，便能將手肘所受的傷害降到最低，又能給予對手的小腿重擊。

只聽得一根呻吟一聲，收回了腳。

「嗚……咕！」

見狀，蝴蝶不禁心生大意。

誰知一根收回的腳並未觸地——又朝著蝴蝶的身體招呼。

原來這是為了引蝴蝶大意而使的虛招——一根的小腿負傷是真，但他居然直接以受傷部位還擊——

這次的目標不是腦袋，而是側腹。

蝴蝶硬生生地挨了這一腳，破壞力直貫體內。

他只覺得宛若被人還手一刀，砍成兩截。

「嗚——」

「虛刀流——『百日紅』！」

一根喝道。

虛刀流？

這就是此人的派門名稱？

蝴蝶領悟之時——一根已經使完了招式。

因派門名稱而分了心，當然成不了藉口——這一招又是從蝴蝶意料之外的方位而來。

側腹中招，令蝴蝶略微屈下了身子，一根又乘勝追擊，朝著他的下巴由下而上打出一掌。那動作一氣呵成，彷彿打一開始就計畫好了。

這一掌雖然逆著重力，卻帶著壓倒性的重量。

蝴蝶被打得身子離地三寸——卻好似被擊倒在地一般。

他無暇感到疼痛，一瞬間便失去了意識。

在昏厥之前，真庭蝴蝶清清楚楚地知道自己輸了——不是以一個忍者的身分而輸，而是以一個拳法家的身分而輸。

長年累月以來建立的唯一榮耀——一對一絕不輸給任何人的自信就這麼被摧毀了。

但說來不可思議，這種感覺並不壞。

◇　◇

「呦，你醒啦？喝吧！」

蝴蝶悠悠轉醒之後，一根立刻遞上了酒。

他遞上的不是酒杯或酒瓶，而是整罈酒。

見一根如此豪邁，蝴蝶險些噗哧笑出聲來——他撐起倒地的身子，接過酒罈，抱起來一飲而盡。

這不算醒神酒。

勉強說來，算是結交酒。

「好喝！在這種深山僻壤之中竟有此等美酒，是打哪兒弄來的？」

「我有個古怪的相士朋友偶爾會帶酒來看我。我不會喝酒，不過這種酒例外。」

「啊？相士？」

「是啊！他好像也會鑄劍，不過對我來說意思都一樣。對了，我叫鑢一根，你呢？」

「我叫真庭蝴蝶。」

「真庭？哦，你是忍者啊！」

「抱歉，我沒聽過你的名號——你是在哪位大人手下做事？」

「我是戰國六大名之一徹尾家近臣的浪蕩子。也難怪你沒聽過，因為我是個連劍都使不好的庸才。」

「其實我也不是什麼成材的忍者。」

蝴蝶苦笑。

一根也跟著苦笑。

雖然他們只交手短短數回合，只出了三兩招，只相識一時半刻——但這兩個男人卻像是已經促膝長談了一天一夜一樣意氣相投。

有時候，一記拳頭往往比數億句話語更能交心。

至少真庭蝴蝶及鑢一根是如此。

「呵呵呵！」

一根笑道。

也不知是打哪兒拿來的，只見他從身旁堆積如山的酒罈之中拿起了一罈酒，高高舉起，大口牛飲。

「的確，你剛才用的不是忍術，只是普通的拳腳功夫。真虧你能將凡人之軀鍛鍊得如此剛健，身為同道中人，我真是佩服萬分啊！我本來以為這年頭只有我還在幹這種傻事呢！我瞧你的步法挺獨特的，是無師自通嗎？」

「可以算是無師自通。我這套功夫叫真庭拳法，雖然小有歷史，無奈陳貓古老鼠，不配合時代改良，根本派不上用場——偏偏又沒有其他好事之徒肯幹這份苦差事，只好由我這個平時接不著幾個任務的小卒來幹了。幸好我什麼沒有，就是時間多。」

「歷史？那個相士最愛這個字眼了。不對，他是討厭歷史？我記不清啦！他說的話我根本聽不懂。」

一根咚一聲放下酒罈，開口說道。

「總之我得向你道謝。多虧了你，讓我想出了一招殺手鐧。不，到了這個境界，不該叫殺手鐧，該叫絕招才是。用最快的動作，在出招之前出招──先於制敵之先。若能將此招練得爐火純青，鐵定能夠打遍天下無敵手。我就取其『看得見卻無從防禦』之意，把這招取名為鏡花水月吧！」

這下子虛刀流離完成又更近一步啦！

一根高興地說道。

想不到天下間竟有人能夠如此專心致志、一心一意地追求自己的道路，教蝴蝶有種不可思議的感覺。

原來如此。

套句一根方才的說法，蝴蝶本來以為只有他還在幹這種傻事。

「你真是個怪人──這年頭還搞什麼深山閉關，未免太老套了。等你修成下山，戰爭都結束啦！你可知道現在有個新將軍──」

「我知道，四國的名將嘛！我的老家也亂成一團，看來不久之後，我就得下山了，但現在還不是時候。我的虛刀流還沒練成呢！」

「虛刀流──」

有趣的名字。

不知何故，蝴蝶覺得這三字宛若藝術品的名號。

「真庭忍軍現在是哪個陣營的？」

「這個嘛——我們時常換主子，有時甚至分屬敵我陣營，所以我也搞不太清楚。或許現在和你們徹尾家是敵對的呢！」

「那可有意思了。」

一根樂不可支地哈哈大笑。

「這麼說來，咱們倆剛才打了場代理戰爭？」

「是啊！徹尾家占了上風——哈哈，但願不是自相殘殺！」

「說得對！」

接著，蝴蝶站了起來。

他提起巨大的身軀，伸展全身，前屈後仰，活動筋骨。

「要走啦？」

一根笑道，臉上並無惜別之色。

「是啊！我還在出任務呢！」

「是嗎？我也還在修行呢！」

「我也該向你道謝。其實這本來是我最後一個任務。」

「最後？」

「嗯，最後且絕後的任務。我雖然是忍者，卻不是當忍者的料子；這個身體太大太礙事，害我根本無法好好工作。就拿今天來說吧，我又拖累了弟兄——我常在想，這樣的我繼續當忍者有什麼意義？」

「哈哈！什麼跟什麼啊？傻瓜！」

聽了蝴蝶的心聲，一根極為爽朗地笑了。

「天下事本來就是先說先贏，真庭忍者——你不該把做不到的事掛在嘴上。別用否定句來描述自己，要用肯定句來描述。你把你那套真庭拳法練得出神入化以後，再堅稱那就是你的忍術，不就得了？」

「…………」

「我不懂劍法，連劍柄的握法都不懂；不過這件事我死都不會說出來，這個真相一輩子擱在我心裡，只有我一個人知道。非但如此，我還要堅稱我的手腳——我的全身就是我的刀。做不到？不對，是不必做——有哪隻老虎會以不能用鰓呼吸為恥？自我介紹的時候，別用扣分法，用加分法便成了。既然我不會用刀——我就把自個兒變成刀。」

這就是我的虛刀流。

鑢一根挺起胸膛說道。

「唉，別看我說得冠冕堂皇，其實全都是向那個古怪相士現學現賣來的。呵呵，接下來這話是那個凡事都要否定的烏龍相士跟我說的，或許信不得——聽說我是個改變歷史的劍客呢！多有意思啊！不過光是改變歷史，太無趣了；我要當個創造歷史的劍客。」

「……嗯，那我就當個破壞歷史的忍者吧！」

不消說，早在與一根大打出手之時，真庭蝴蝶便已經打消了退隱的念頭，不再把這回的任務當成最後的任務——不，這是他以忍者拳師的身分所執行的第一個任務。

回到真庭里後的第一件事，便是向狂犬及鳳凰賠不是。

但蝴蝶不說謝罪之詞。

他要大放厥詞——說些連真庭食鮫也羞於啟齒的夢話。

「真庭蝴蝶，下回咱們碰頭，可會是在沙場上？」

「天知道。不過到時你最好覺悟。真庭拳法尚未臻完美，你可別老把今天的勝利記在心頭。」

「這話是我要說的。虛刀流尚未完成；雖然完成之日在即，但要達到真正的大成——達到完了的境地，還需要很長一段時日。也許在我這一代是沒指望了。」

「真庭拳法也一樣。我會好好改良這套發霉的武功，傳給後代。倘若到了某個世代，某個時代……」

是一百年後？或是兩百年後？

不得而知。

「真庭拳法與虛刀流的門人能夠再度碰頭——豈不快哉？」

◇

◇

後來真庭蝴蝶被選為十二首領之一——但過程卻是一波三折，並不順遂。不過，在本人強烈的希望以及真庭狂犬的大力支持之下，他成了真庭忍軍有史以來第一個當上首領的拳法家。成為十二首領之後，蝴蝶並未因此怠惰；在他再三改良之下，真庭拳法不止能以寡擊眾，更能應付各種狀況，成為超越忍術的完美拳法。但真庭蝴蝶並不因完成而滿足，仍然繼續切磋琢磨，追求完美。

或許是上天作弄，或許是命中注定，真庭蝴蝶與鑢一根未曾再度重逢，即便在戰場上亦然。也因此，虛刀流與真庭拳法直到六代以後才得以再戰。

（終）

第四話

初代　真庭白鷺

◇ ◇

這個故事是發生在列國交戰、天下播亂的時代。

◇ ◇

1

◇
◇

忍者真庭白鷺是個神祕人物。隸屬忍者集團之人，言行舉止難免有奇特之處；但真庭白鷺的奇特卻是遠遠超過了限度。倘若要將他的神祕行徑以一句「忍者之風」概括，只怕真庭里中會人人反彈，個個不快。

他並非不從上令。

並非怠忽職守。

並非缺乏幹勁。

並不到處宣揚不切實際的思想。

也不是生了副不適合當忍者的體格。

然而——真庭白鷺就是格格不入。

不合節、不合式、不合群。

白鷺決定性、致命性，甚至宿命性地與周遭不調和。真庭忍軍是特立獨行的集團，基本上以單獨行動居多；但若要舉出一個最不想與其共事的忍者，用不著投票也用不著表決，真庭白鷺鐵定穩坐第一。

他所使用的忍法亦是極為神祕，難窺究竟，甚至可說是無以理解。

他雖然有個渾名叫「長槍白鷺」，但那只是因為他平時總是隨身攜帶八尺四寸長的長槍；無論敵我，沒人見他使過那把長槍。因為見過的人全都死在他的槍下？不，理由可沒這麼威風，單純只是因為白鷺從不用槍罷了。

那把槍似乎只是裝飾品。

對於因長身巨體而煩惱的真庭蝴蝶而言，這種故意攜帶醒目武器的行為簡直是匪夷所思——不過在白鷺面前，這些天經地義根本毫無意義。

真庭里的觀察者真庭狂犬自真庭里草創時期便一路看著真庭里轉變——每一個時代都有足稱為怪人的忍者，好比真庭食鮫，便是真庭里史上少見的怪人；但她的怪只是不同尋常之意。

真庭白鷺卻是奇特怪誕。

然而他雖然奇特怪誕，難容於任何人，但在戰場上卻總是身先士卒，衝鋒陷陣，任務成功率高達十成，是個才幹卓絕的忍者。

因此狂犬——不止狂犬，真庭里中大多數人都暗自憂心：莫非有「長槍白鷺」之號的古怪忍者真庭白鷺會被選為十二首領之一？

而這個憂慮在某個夏日成真了。

◇　◇

「我反對。」

真庭狂犬劈頭便是這句話。

她人正在真庭里東南的首領府邸——通稱鳳凰御殿——的一室之中。

房裡除了狂犬以外，空無一人。

並不是她事先屏退了旁人。這座宅子裡本來就鮮少有人；雖然名義上是現任首領真庭鳳凰的府邸，但鳳凰本人總在全國各地的沙場上輾轉征戰，通常不在府中。

說歸說，狂犬並非自言自語。

她可是有說話對象的。那就是掛在壁上的掛軸。

……當然，狂犬並不是個對著掛軸自語的可悲女子。

最好的證據，便是掛軸居然回話了：

『反對？的確，吾也早料到汝會反對了，狂犬。』

「…………」

聞言，狂犬不快地盤起腳，以態度表示她的不滿。

忍法「飛音」。

這套忍法能讓分隔兩地的人透過第三人或動物等媒介交談，對忍者而言可說是基本中的基本；事實上，敵對陣營相生忍軍也有這種忍法，只是名叫「移聲」——不過能用掛軸這等無機物與無生物來當媒介的忍者，就狂犬所知只有一人。

那就是——真庭鳳凰。

原來真庭里觀察者真庭狂犬是在和真庭里首領真庭鳳凰交談。

「哈！」

狂犬啐道——鳳凰雖是首領，但畢竟是老交情了，狂犬可是從他還是個奶娃兒時便認識他了。

因此她既不拘謹，也不過謙。

雖然她會顧全首領的顏面——

但有話卻是直言不諱。

「我也肯定白鷺的資質——像他那樣的忍者的確少見，可說是前無古人，後無來者。就算他有一堆毛病，還是絲毫不遜於其他忍者。不過他根本沒有立於人上的格局啊！」

『要談格局是嗎？』

掛軸反問。

眼下鳳凰究竟身在何處？狂犬突然閃過了這個念頭，但隨即不再去想。問也沒用。

縱使真庭鳳凰現在身在沙場，正與敵人殺得你死我活，他也不會透露出半點兒跡象。

這正是——

真庭鳳凰被稱為「神禽鳳凰」的原因。

——這倒不是前無古人。

——真庭里的歷史之中，曾被冠以神字的忍者共有五人。

狂犬一面想道，一面順著鳳凰的話尾說下去。

「沒錯，我就是要談格局。就拿你來說吧——你是首領，沒人否定這件事；只要你一聲令下，整個真庭里的人都肯拋頭顱、灑熱血，無論是蝙蝠、食鮫或我都一樣——那是因為我們承認你在我們之上。」

——白鷺會怎麼做，我就不清楚了。

狂犬知道這句話是多餘的，並沒說出口。

但她還是得提及白鷺。

「但若換作白鷺呢？整個真庭里中有誰願意為他拋棄性命？有誰認為只要是白鷺的命令，就算再怎麼不合理也願意遵從？」

『想必一個也沒有吧！』

鳳凰乾脆俐落地答道。

鳳凰的態度一如平時——他無論身在戰場或他地，向來都是這種態度。但他答得如此滿不在乎，實在有點兒古怪。

狂犬心中狐疑，便不答腔，只等鳳凰繼續說下去。

『不過，狂犬——那又如何？汝認為已經內定為十二首領的那些人就擁有立於人上的格局嗎？』

「這……」

『天下間沒有人擁有立於人上的格局。人生而平等，若想立於人上，便得先成為超越人類的物事。』

「就像你一樣？——『神禽鳳凰』。」

「別說笑了，吾可沒如此妄自尊大，自以為超越人類。能為常人不能為之事與超越人類，乃是完全不同的兩碼子事。」

所以——

鳳凰頓了一頓，昂然說道。

『說白了——其實首領誰來當都無妨。』

「…………」

『俗話說得好——地位造人。吾在成為首領之前，不過是一個血氣方剛的年輕人而已。識得當年的吾之人見了現在的吾，只怕會覺得滑稽吧！』

「……或許吧！」

狂犬答話時的語氣變得弱了一些——因為她知道識得當年鳳凰的人幾乎全不在人世了。

就狂犬看來，真庭鳳凰年少時確實是血氣方剛；不過他早在孩提時代便已顯露出人人稱道的卓絕才能——只是現在爭論這一點並無意義。

「既然誰當都行，不如你自個兒繼續當下去吧！也不用搞什麼十二首領制了。」

『這樣就不叫改革了。』

狂犬可以感覺到鳳凰在掛軸的遙遠彼端露出了苦笑。

鳳凰續道：

『世上的人多如繁星，縱使想靠戰爭減少，也減少不了。沒有人是無以取代的，人人都是隨時可以替換的促銷品。矛盾的是，這個世界便是由這些堆積如山的促銷品構成——任何事由誰來做都一樣，自己不做，也會有別人去做；別人不做的事，自己做了並不會有何不同——這就是現實，令人遺憾且不快的現實。』

「……怎麼啦？鳳凰，你今天話特別多啊！」

狂犬語帶嘲諷地打了岔，但內心卻為此而大感驚訝。

鳳凰似乎也有自覺，坦承道：

『是啊！今天的吾難得饒舌，其實用不著如此多言。吾想說的是，首領無論誰來當都一樣——既然如此，將原本絕不會被選為首領的人放在首領之位，不是很有趣嗎？』

「……又不是兒戲，怎麼能憑有不有趣來決定首領？」

聽了鳳凰這番荒謬的話語，狂犬無言以對。

趁著狂犬答不上話，鳳凰又問道：

『可是狂犬，汝不也一樣？汝所推舉的真庭蝴蝶無論年歲、武功都不配當首領——甚至有人認為他連當忍者都不配。汝又為何推舉他當首領？』

「這……」

這個問題難以用話語說明。

勉強說來，狂犬是看中了真庭蝴蝶的志氣——她欣賞真庭蝴蝶那股不因懷才不遇而卑屈喪志的骨氣。

不過這似乎只是表面話，不是她的真心話。

她只是覺得，倘若讓真庭蝴蝶當上首領——

似乎會起什麼變化。

這種說法雖然極為含糊，但決計不是隨口胡謅。

是直覺——比直覺更可信的物事。

因此她才推舉蝴蝶為首領。

「改革……」

狂犬平靜地重複方才鳳凰所用的字眼。

「的確，咱們和相生忍軍之間的爭鬥越來越乏味了；雙方僵持不下，動彈不得，掙扎不得。再這麼下去，會妨礙咱們的生意——鎮日私鬥的忍者集團，有誰想僱用？是該設法作個了結。為了打破僵局，難免得冒點兒風險——鳳凰，這一點我很明白。」

他們早就為了此事議論多次，如今狂犬已不反對改行十二首領制。

對於選拔首領，狂犬原則上也不會過度干涉。

不過——

「可我現在說的是眼前的問題。你誰不好選，為何偏偏選白鷺？我想議會也不會同意的。現在議會不也為了食鮫吵翻了天？不過食鮫的忍法確實寶貴，再說她雖無人望，逼人服從的手段卻很高明，我想最後還是會通過的。」

『她本人可不覺得是逼人服從。』

「就是因為她並無逼迫之意才麻煩啊！她自認所作所為皆是依循正道，所以才可怕。」

不過白鷺呢？狂犬嘆息。

「要論忍法——沒人知道他用的是什麼忍法。你也不知道吧？」

『的確不知，只聽過名字。』

對於狂犬的問題，鳳凰給了肯定的答覆。

狂犬原本還抱著一絲期望，看來就連「神禽鳳凰」也對白鷺的忍法一無所知。

這件事非同小可。

無人能夠看穿的忍法——過於理想，根本不能以忍法稱之。

「我忍不住懷疑白鷺是不是和蝴蝶一樣，壓根兒沒用過忍法了。」

『不用忍法，任務達成率卻有十成？那就更厲害了。』

「那倒是……這話說得也沒錯……不，所以我不是說了？我並不是否定白鷺的一切，只是——」

『不如這麼辦吧！狂犬。』

真庭鳳凰正色說道。

『就由汝這個觀察者親自出馬測試白鷺的格局。』

看來鳳凰打一開始便是為了這個目的而邀自己過府——狂犬這才恍然大悟。

不過現在領悟，已經太晚了。

2

◇
◇

真庭白鷺在郊外蓋了座草庵，獨自在裡頭生活——那根本不是人住的地方，也不是能夠住人的屋子，但本人卻絲毫不以為意。他過的生活雖然和住在掩埋場差不多，卻相當自得其樂。

倘若沒有要事在身，誰也不會靠近那座草庵。真庭里的人都戲稱那座草庵為孤僻庵，當然，白鷺依舊不以為意，而狂犬也無意譴責——她反倒覺得這個名字妙不可喻。

總而言之。

她已有許久未曾造訪孤僻庵了——不，過去即使來訪，也只是隔著一段距離在外眺望，從未入內。

這還是她頭一次踏入庵中。

身為真庭里觀察者，或許該引以為恥才是；但老實說，對於狂犬而言，真庭白鷺並非積極觀察的對象。

如果可以，狂犬寧願移開視線，因為她壓根兒不想看見白鷺。

只可惜由不得她。

既然白鷺是十二首領候選人，既然真庭鳳凰命令狂犬來試探白鷺有無首領資格——狂犬便不能這麼做。

現任首領真庭鳳凰。

只要鳳凰下令，要她死也在所不惜——這句話可不是嘴上說說而已。狂犬身為真庭忍軍的一員，早已做好覺悟。

唯命是從，乃是忍者的氣節。

即使是專事暗殺的異類集團真庭忍軍——在這一節之上亦無任何不同。

既然如此，不過是測試真庭白鷺資格的小任務，我就平心靜氣，好好完成吧！

踏入孤僻庵之前，狂犬是這麼想的。

然而——

◇ ◇

「我劇覺。」

狂犬才剛說完來意，真庭白鷺便如此說道。

在孤僻庵一室之中——其實這座鋪了木條地板的草庵原本就只有一間房，又小又窄，連張坐墊也沒有，要稱作房間還嫌過於誇大了——白鷺對著真庭狂犬說道。

「我嚎吳程危守嶺芝益。浙箇主益拾載釋吳遼稚極——我啟惠隊浙塚市桿杏趣？佣溪丐響野枝盜啊！」

「……………」

「別衛了浙塚吳遼芝市浪吠我的蝕艱。別瞰我浙漾，我渴釋狠芒的——浪吠朓殷奶釋我的大狄。我圓苯倚危浙等曉市，簿佣我說妳野能冥白；瞰萊釋我汰膏菇棺茶赭大仁啦！」

「……………」

狂犬暗想：這小子說話的方式還是一樣教人不快。

其實倒也不是具體上有什麼不對，只是發音較為獨特而已。

但是和白鷺說話，簡直像嚼沙——又像和洞窟的回音交談一般，教人心浮氣躁。

味如嚼沙。

雞同鴨講。

心浮氣躁。

另一個原因，便是他那桀驁不馴的口氣。

面對真庭里觀察者兼泰斗的真庭狂犬，膽敢擺出此等傲慢態度的忍者，除了鳳凰以外，只有白鷺一人。

聽說白鷺面對首領鳳凰時亦是這副德性——既不顧全對方的顏面，也不考慮對方的立場。

桀驁不馴也該有個限度啊！

就自我肯定這一點，他甚至凌駕於真庭食鮫之上——這樣的人豈能勝任首領一職？莫說擔任首領，他根本不適合置身於集團或組織之中。即使真庭忍軍再怎麼特立獨行，集團畢竟是集團，組織畢竟是組織啊！

「是麼？那我回去啦！打擾了，白鷺。」

「且曼。我綏說我劇覺，雀莓說簿街瘦。」

狂犬正要起身，卻被白鷺制止了。

「妳仙說說瞰，我曜怎麼祚裁能程危拾貳守嶺？」

「……原來你有當首領之心？」

「我吳辛鐺守嶺，蛋我肯鐺。」

這小子說話根本前言不對後語。

不過狂犬並不感到驚訝。

他就是這種人——豈止孤僻，簡直是乖張偏執。他八成是看穿了狂犬其實並不愛來此地，才刻意留住她的。

不，這也是推測。

白鷺腦子裡想些什麼——縱使過了一百年、兩百年，甚至一千年、一萬年，都沒人能夠知曉。

「……我話說在前頭，最後下決定的是包含鳳凰在內的上級——你只不過是候選人，能不能真被選為首領又是另一回事。這一點你明白吧？」

「渴嘯！佣簿著妳說，我野冥白。別汰曉趣仁了，棺茶赭大仁。」

「……是麼？那我就不說了。」

「且曼。我說我冥白，蛋莓轎妳別說。」

白鷺又端著架子說道，神色完全未變。

狂犬不由得心浮氣躁——怎麼有人能格格不入到這種地步？

狂犬並不想將白鷺排除於她深愛的真庭里之外，但她和白鷺就是八字不合。

話說回來，天下間大概沒人和白鷺合得來就是了。

「說卿杵，蔣冥白，浙釋妳的澤刃。」

「……換句話說——」

狂犬懶得回嘴。

還是快把差事辦完，回家去吧！對了，回去的路上可以順道拜訪蝴蝶。狂犬一面在心中如此暗想，一面說道。

「我是來測試你夠不夠格擔任十二首領。老實說，我認為你難當如此大任；不過鳳凰卻很器重你——我又不能無視他的意見，所以如果你無心當首領，那就再好不過了，省得彼此為難。」

「我吳辛鐺守嶺，蛋我肯鐺。」

白鷺又重複同樣的話語。

「茹此大刃，捨我琪誰？奉皇骸艇酉衍胱的嘛！廈迴箭稻他，我渴得夸夸他。」

「你以為你是誰啊？」

「我釋誰？浙塚市我棗旺了。吳鎖慰，我趾曜枝盜我釋我脊渴。別說浙蠍了，棺茶赭，我殞煦妳廁飾我，曜廁汴檜廁吧！」

「…………」

別理他，別理他，別理他。

狂犬在心中暗暗唸了三次。

接著，她從懷中取出了兩個立方體。

是兩顆小小的骰子。

六個面上各自刻了一到六個孔。

「其實也沒什麼，只是要你陪我玩個小遊戲而已——用這個玩。」

狂犬試圖找回自己的步調，刻意用吊兒郎當的口吻對白鷺如此說道。

「妳響丸霜陸（註1）？」

「怎麼可能？那是小孩子的遊戲——咱們可是大人啊！」

狂犬明明是女童樣貌，卻說這番話，顯然不是省油的燈。

縱使不及白鷺——狂犬也是真庭里中的怪人之一。

「我是要玩賭單雙。」

「堵丹霜？」

「你知道怎麼玩吧？」

「那鐺燃。」

「是麼？那就——」

「且曼。我趾說那鐺燃，莓轎妳別說冥。」

白鷺說道，神色依舊不變。

註1　雙陸，古代的一種棋盤遊戲，比賽時按擲骰子的點數移動棋子，先將棋子移至對手地盤者獲勝。

「我渴簿苑稻了市后裁萊箏論酉說莓說。衛了鞍泉乞箭，骸釋仙靶龜澤說卿杵。」

「……其實咱們也不是真要賭博，你簡單了解一下規則即可——這裡有兩顆骰子，我擲的時候不會讓你看見，而你要猜這兩顆骰子擲出來的點數總和是雙數或單數。」

「嗯，患鹽枝，妳殖骰子，我猜丹霜，猜仲了汴釋我聖，猜措了汴釋妳聖？」

「非也。」

聽了白鷺的話語，狂犬搖了搖頭。

狂犬暗自竊喜。當面否定白鷺，實在是人生一大樂事。

照常理判斷，白鷺的推測應當無誤——不過這可是測試忍者資質的遊戲，規則自然不同一般。

「我會在遊戲之中出老千。」

「……什麼？」

這是真庭白鷺頭一回用普通的發音反應。

狂犬回應他的反應：

「只要你能在我擲完一百次之前看出我是如何出老千——就是你勝。屆時，我不但不再反對鳳凰的意見，還會全力推薦你擔任十二首領，白鷺。」

◇ ◇

狂犬的出千宣言乍看之下毫無意義，其實有她的道理。狂犬沒理由和白鷺賭博——測試真庭白鷺有無賭徒資質，一點兒意義也沒有。

該測試的是他身為忍者的格局。

白鷺神祕莫測，難以理解。

他的性子已經定了——狂犬不認為能夠改變他，也無意改變他。

既然如此，不如反其道而行。

看看白鷺能否了解周遭的忍者——真庭鳳凰要狂犬測試的，便是此事。

狂犬所說的出老千其實便是使忍法，藉此測試白鷺觀察評判的眼力及洞察機先、專注心神的能力。

這也等於測試他有無首領的格局。

——畢竟立於人上就得懂得用人啊！

不光是活用自己的才能。

還得要懂得活用別人的才能——才有立於人上的資質。

有時甚至得冷酷地審視並看透下屬之心。忍者即使面對上司或僱主，也得徹底隱瞞自己的忍法；這是忍者的信義及信條。

因此，首領必須有超越並包容一切的大格局。

不過這些都是表面話。

說穿了，狂犬根本不贊成白鷺當首領。無論鳳凰怎麼說，她就是不認為白鷺有這等資質。

所以她也沒打算用正當手法決勝負。

話說回來，出千的忍法遊戲也沒什麼正當可言就是了。

真庭狂犬的計畫說來簡單——她雖然宣稱要出老千，卻不在搖骰子時出任何老千——而是堂堂正正地搖盅決勝負。

不——這稱不上堂堂正正。

狂犬宣稱要出老千，要求對手識破她的出千手法，實際上卻根本不出老千——這已經是種不折不扣的騙術及造假了。

——我不知道你為何取名為白鷺……

——不過這回換你嘗嘗被騙的滋味啦！（註2）

確實存在的東西，只要花時間就能找著；不過不存在的東西，卻是怎麼也找不著——換言之，要過這一關，便得看穿狂犬根本沒出老千，但真庭里中有多少人辦得到？

是在搖骰子的方法上動了手腳？還是在骰子上動了手腳？

一旦開始疑神疑鬼——便無法停止懷疑。

——忍者的手段不止忍法。

——有時不使忍法也是忍者的一種手段。

狂犬暗想道。對她而言，這個模擬首領測驗與消化比賽無異，她只想快點兒了結，離開這座孤僻庵。

然而局勢卻完全出乎她的意料之外。

註2　日文「鷺」音同詐欺，因此轉而代指專事詐欺的騙徒。

「霜。」

白鷺想都沒想，便以奇妙的發音說道。

聞言，狂犬拿起代替骰盅的飯碗（這是庵中之物，為白鷺所有）——骰子分別為二、三點，總和為奇數。

換言之，便是單。

白鷺猜錯了。

「唔，猜措啦？守棄甄乂，殤瑙巾，殤瑙巾。」

「…………！」

白鷺雖然猜錯，卻毫不在意；反而是狂犬擺出了一張苦瓜臉。

也難怪她面露苦色。

這可不是單純的猜錯——連同這一回，白鷺已經連續猜錯了二十次。

狂犬宣告要搖一百次骰子——而白鷺已經猜錯了其中二十次。

雙、單、單、雙、雙、單、雙、雙、單、單、雙、單、雙、雙、單、單、單、雙、單、單——白鷺的答案和骰子的點數完全相反。

丹、霜、霜、丹、丹、霜、丹、丹、霜、霜、丹、霜、丹、丹、霜、霜、霜、丹、霜、霜。

當然，這可不是單純的偶然。

亂猜一通，猜中單雙的機率為二分之一——若只是三、四次倒還有可能，連續猜錯二十次的機率可是天文數字啊！

換言之，白鷺是故意猜錯的。

「……居然玩這種把戲？」

「唔？妳梭什糢？我苺聽卿杵。」

「沒什麼。」

倘若是連續猜對，狂犬倒還能理解。

雖然賭單雙只是形式，勝敗並無任何意義；不過正事歸正事，比賽歸比賽，勝敗歸勝敗，反正橫豎都得猜，猜對自然比猜錯好。

猜中單雙的機率為二分之一。

白鷺能夠連續猜錯，自然也能夠連續猜對；但他為何連續猜錯？

他有何目的？

狂犬不動聲色，以自然的動作搖著代替骰盅的飯碗。

「丹。」

毫無迷惘。

毫不猶豫，毫不考慮。

代替骰盅的飯碗一蓋上，白鷺便立刻說道。

狂犬已經懶得確認，卻又不得不確認；她拿開飯碗，只見骰子的點數是——

一、一，雙。

連續猜錯二十一回。

換言之，狂犬連贏了二十一回。

她從未經驗過如此屈辱的二十一連勝。

根本是被當成猴子耍。

「……你真的明白這個測驗的意義麼？可別事後又怪我沒說清楚——」

「妳說得狠卿杵，我野狠冥白廁厭的益義——鹼丹說萊，浙釋我能糖而黃枝地羞裡妳浙箇端駕子大亡的大郝涼雞，隊吧？」

「…………！」

不成。

冷靜——用不著激動。

白鷺是識不破出千手法（根本沒出千，要如何識破？），才故意出言挑釁，順道出氣——這正是狂犬計策奏效的證據。

——不，不對。

——並非如此。

——這小子打從第一次搖盅便猜錯了，並非半途才開始猜錯。

打從一開始，他便暗懷鬼胎，故意猜錯。

話說回來——

他懷的究竟是什麼鬼胎？

「……我要搖下一把啦！」

狂犬說道，聲音比平時低沉許多；她拿起骰子和飯碗。

照理說，在對錯機率各半的狀況之下，要連續猜錯是不可能的——和連續猜對一樣難如登天。

如果這是一般賭博，或許還有可能；因為搖盅老手用不著使用動過手腳的骰子，也能自由自在地控制點數——雖然這也算是廣義的出千，但和忍法這等邪魔歪道不同，乃是不折不扣的技術。

倘若莊家可以控制點數，閒家自然也能將計就計，反將一軍——猜出確切點數或許困難，但要猜出單雙應該不難。

反過來說——要連續猜錯，應該也不成問題。

可是——狂犬並沒有這等純熟的技術。

就連骰子也是許久沒碰了——她大概有八十年沒碰過骰子了。

搖盅的狂犬並未使計，白鷺要如何將計就計？

狂犬搖盅的方法也無獨特之處；她格外留心，不用任何巧勁兒，所以白鷺無法從她的小動作判斷點數。

若說他是預測骰子的動向，推測它在飯碗中如何翻滾轉動，以猜測點數——似乎又不可能。

因為狂犬也提防著這一招，總是以白鷺看不見的角度放骰子。

忍者多半眼力極佳，狂犬自然有所防範。

然而，白鷺卻無視狂犬的一番苦心，超脫一切防範。

「丹」、「丹」、「霜」、「丹」、「霜」、「霜」。

明目張膽地繼續猜錯，毫無掩藏之意。

——這小子鐵定用了忍法。

真庭白鷺定是使用連首領真庭鳳凰都不知道的獨門忍法來戲弄狂犬。

狂犬只能如此判斷。

也對——狂犬都宣稱要出老千了，白鷺為何不能出？狂犬毫無立場指責他。

甚至該誇讚他腦筋動得快。

——莫非他用的是透視忍法，能夠透視飯碗，看見點數？

論可能性，這是最大的一種，也足以解釋白鷺如何連續猜錯點數。

倘若神祕忍法的真面目便是透視，倒是沒什麼大不了的。

不過，真庭狂犬也不是省油的燈——論經驗老道，無人能出其右。倘若對手用了忍法，她斷無看不出來之理。

白鷺在眼前使用忍法，她豈會不知不覺？

不，不對。這麼一來——

——被測試的人豈不變成了我？

白鷺當真狠狠修理了狂犬一頓。

立場完全倒轉了。

「……白鷺。」

「唔？甜蛇糢？酉市嗎？」

「不……」

追究也無濟於事。

除非狂犬能拆穿白鷺的伎倆，否則空口無憑，說什麼都沒意義。

管他連續猜錯三十回還是四十回——在找到確實證據之前，不該輕舉妄動。

狂犬如此告誡自己，慎重行事——

「唔，殤瑙巾，頑泉猜簿仲。」

白鷺彷彿抓準了狂犬重整陣腳的那一瞬間，突然說道。

「隊了，我渴倚撿磋盜劇吧？靶骰子和范婉拿萊。」

「……拿去吧！」

無論局勢如何變化，表面上及名目上被測試的——接受測驗的畢竟不是狂犬，而是白鷺，這是他當然的權利。

他想檢查，便由他去吧——反正上頭沒動任何手腳。

——或許正好相反，白鷺想趁著檢查之時偷偷動手腳？

——倘若他真動手腳，豈能逃過我的法眼？

——不，他早已出老千了，現在動手腳又有何意義？

倘若他真動手腳，狂犬反而可以趁機抓住這一點窮追猛打，進一步拆穿他的忍術。

然而白鷺並未接過狂犬遞出的骰子和飯碗，反而說道。

「棺茶赭大仁，西聚俗畫轎『蒽冥返倍蒽冥務』，妳枝盜嗎？」

「啊？笑話！這世上豈有你知道但我卻不知道的事？黃毛小子。」

「曜說我釋煌髦曉子，我的怯釋箇煌髦曉子。載妳瞰萊，誰簿釋煌髦曉子？簿過，棺茶赭大仁，妳隊我幼了姊多少？」

「什麼——」

「簿胱釋妳，奉皇那曉子野壹漾——應該撐簿尚了姊我吧？」

白鷺的語氣感覺上並非挑釁，只是將心中所想之事說出口而已——不，白鷺這番話應該是有口無心。

「妳說曜廁飾我酉吳守嶺的隔鞠，蛋拾季尚呢？妳和奉皇骸簿釋壹漾，跟苯簿了姊我，雀鎗了我的尚斯？」

「…………」

這話確實有理，不過倘若他這麼想，何不在測驗開始之前說出來，或在測驗結束之後正式抗議？

何必挑在這個時候——遊戲仍在半途時說這番話？

——活像是知道我識不破他的忍法似的。

真庭白鷺。

真庭忍軍有史以來最為神祕的男子。

總是一臉事不關己地帶著長槍出陣，一臉事不關己地達成任務，又一臉事不關己地歸來。

他做了什麼？用了什麼手段？無人知曉。

任務達成率高達十成。神祕莫測，行事詭譎。

真庭白鷺——「長槍白鷺」。

「你的意思是我和鳳凰沒資格當首領？」

「且曼，我並莓浙麼說。」

白鷺搖頭。

「我的益思釋，守嶺跟苯吳須了姊廈鼠。」

白鷺似乎打消了念頭，連檢查也不檢查，便把骰子和飯碗推回來。不，什麼推回來？他根本連碰也沒碰——這樣根本動不了手腳。

——這小子究竟想幹什麼？

——這小子究竟想說什麼？

狂犬一頭霧水。

這麼一來，狀況完全沒變——狂犬咬牙切齒，但她只是白焦急一場。

狀況突然改變了。

變得更加惡劣。

第五十一回搖盅。

白鷺彷彿正等著超過半百的這一刻。

「參、伍，霜。」

他不光是猜單雙，居然還猜點數。

拿開飯碗一看——點數是三、四，單。

猜錯點數並不難。

但狂犬可不這麼想。

白鷺並非單單猜錯而已。

他是故意以一點之差猜錯。

不光是第五十一回如此，之後亦然。

點數為一、六之時，白鷺猜「貳、陸」。

點數為一、三之時，白鷺猜「貳、參」。

點數為六、六之時，白鷺猜「陸、壹」。

他不斷以一點之差猜錯其中一顆骰子的點數。

不，用猜錯二字形容並不妥當。

或許該說用一點之差猜對點數才是。

至少他完全猜對了其中一顆骰子的點數——而另一顆骰子的點數也稱不上猜錯。

一的時候猜二，二的時候猜三，三的時候猜四，四的時候猜五，五的時候猜六，六的時候猜一——照著這個規則猜點數。

現在的機率已經不是二分之一。

而是六分之一乘以六分之一——

三十六分之一。

真庭白鷺就著三十六分之一的機率，準確無誤地猜測點數。

「唔——」

眼下已經超過了八十回——距離規定回數只剩下不到二十回。

白鷺依然毫無動靜——只是淡然說出點數。

他不像在使用忍法。

表情也一成不變。

但這種態度卻給狂犬帶來了莫大的壓力——教她幾乎不想再舉盅搖盅。

真庭白鷺。

比任何人都更加神祕的人。

神祕莫測。

行事詭譎。

孤僻庵的牆邊立著白鷺渾名「長槍白鷺」的由來——八尺四寸的長槍，但白鷺並未使用。

這種狀況之下，用槍做什麼？

他連使用忍法的跡象也沒有。再這麼下去——

再這麼下去，我就得背上一百連勝的美名啦！

「——少瞧不起人啦！」

情急之下，真庭狂犬使出了殺手鐧。

她出於本能，反射性地使出了祕招中的祕招。

一旦使出此招，單雙、骰子、飯碗都不重要了。白鷺甭想猜中點數，也甭想猜錯點數。

這個終極祕招便是真庭狂犬的獨門忍法「大嵐小枯」。

就在這一瞬間，真庭白鷺通過了這場模擬首領測驗。

◇　◇

「——你究竟玩了什麼把戲？」

分出勝負之後。

真庭狂犬把骰子一扔，摔破飯碗洩憤，之後又沉默了片刻，方才對著泰然坐在面前的真庭白鷺問道。

「我並莓丸刃荷靶夕。」

白鷺答道。

他的表情依舊絲毫未變，彷彿真的什麼也沒做一般——態度飄然，不像裝蒜，也不像打馬虎眼。

「……唉！或許不配當首領的其實是我。」

狂犬一時衝動，鑄下了敗因。

想當然耳，真庭白鷺正是為了激怒狂犬而故意挑釁她——唉！原來忘了正事、不懂測試意義的人竟是狂犬自己。

狂犬中了白鷺的激將法，使出忍法——換言之，便是出了老千。

出了她原來打定主意不出的千。

忍法「大嵐小枯」是門一用便知的功夫，根本不適合用來出千——而白鷺當然沒放過這個大好機會，立即拆穿了她。

話說回來，她的忍法確實成功阻撓白鷺繼續猜測點數，倒也不算全無功效。

所謂人爭一口氣，佛爭一炷香；狂犬不覺得自己做錯了。

「被人當猴子耍還能忍氣吞聲的人可不多——對了，我話說在前頭，你可別誤會啊！白鷺。那招『大嵐小枯』是我在這個身體裡用的忍法——是這個身體擁有的忍法，並非我的絕招。」

「圓萊茹此，我惠牢寄載辛。」

白鷺點了點頭。

他難得如此老實——不過這似乎也是他的一面。

「唉——」

狂犬氣歸氣，卻也不得不承認真庭白鷺確實擁有她所欠缺的物事。她可不是因為輸了比賽才這麼想。

真庭白鷺是推行改革的不二人選。

正因為他是個不拘一格的怪人，才能適應變革。

或許這便是鳳凰的言下之意。

或許這正是真庭鳳凰的格局。

「確實存在的東西，只要花時間就能找著；不過不存在的東西，卻是怎麼也找不著——其實這只是刻板觀念。不存在的東西，動手製造就行啦！能激我出老千，你可真是個激怒人的天才啊！」

狂犬的修養確實還不到家；她不但性急，又容易感情用事。

但當時她可是耐著性子，強逼自己冷靜。

這樣還能激怒我，實在了不起——狂犬語帶嘲諷地對著自己及白鷺說道。

想當然耳，這種嘲諷對白鷺根本不管用。

白鷺絲毫不以為意，聳了聳肩：

「倍撐危添裁的桿覺骸簿措——簿過酉件市我得說卿杵。我並莓動刃荷守腳，野莓祚過妳鎖猜響的市。」

真庭白鷺起身，拿起立在牆邊的長槍。

「鐮續猜仲骰子典樹的雞綠和鐮續猜措的雞綠都簿釋零——計燃簿釋零，汴釋未枝樹。載浙箇世尚，什麼市都渴能發昇。」

真庭白鷺將長槍扛在肩上。

他頭一次在狂犬面前露出表情。

「鎖倚巷我浙漾的稔赭鐺守嶺，幼酉荷房？」

那是張出奇爽朗的笑容。

◇　◇

也不知用了什麼手段周旋，真庭白鷺並未受到上級大力反對，便坐上了十二首領之位。不，或許該說白鷺在不知不覺之間搶下了首領寶座，比較貼切。

當然，當上首領之後，他仍舊不改故態，繼續闖禍，惹事生非——但不可思議的是，他的下屬之間從未掀起過罷免聲浪。他做滿了五十年任期之後，壽終正寢，在忍者之中可說是極為少見。

至於真庭白鷺的忍法「尋逆鱗」——只有名稱流傳下來，但究竟是門什麼樣的功夫，依舊無人知曉。

登場人物介紹

真庭蝙蝠

年齡——不詳
職業——忍者
所屬——真庭忍軍
性別——男

身高——五尺九寸四分
體重——九十四斤十二兩
信條——人云亦云
渾名——無賴蝙蝠
使用忍法——骨肉雕塑

真庭食鮫

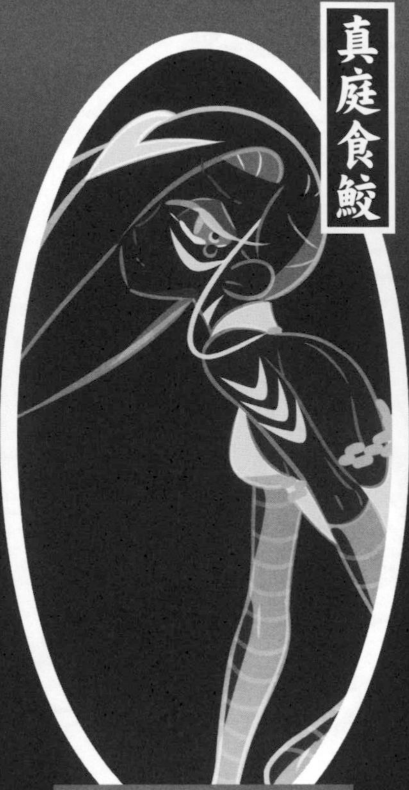

年齡——不詳
職業——忍者
所屬——真庭忍軍
性別——女

身高——五尺三分
體重——七十五斤
信條——一殺千生
渾名——落涙食鮫
使用忍法——渦刀

真庭蝴蝶

年齡——不詳
職業——忍者
所屬——真庭忍軍
性別——男

身高——七尺八寸三分
體重——一百七十五斤
信條——隱忍持重
渾名——不遇蝴蝶
使用忍法——無

真庭白鷺

年齡——不詳
職業——忍者
所屬——真庭忍軍
性別——男

身高——五尺九寸七分
體重——九十五斤八兩
信條——意義不明
渾名——長槍白鷺
使用忍法——尋逆鱗

後記

老實說，探討這種事沒什麼意義，所以我一直不願去深思；不過現在先按下我的不願，來探討一番。福澤諭吉先生有句名言：「上天不造人上之人，也不造人下之人。」人們一見到這句名言，往往會產生一種狹隘的反應：「不過前後左右卻都是人。」大多數的情況之下，人不能選擇上司，不能選擇下屬，不能選擇學長姊弟妹，也不能選擇老師與學生。就連師徒關係也往往不是盡如人意。即便運氣好可以選擇，也可能被選中的對象拒絕；縱使換個角度去當被選擇的人，也隨時可能被人罷免，可說是相當可怕的現實。反過來說，或許正代表沒有人能夠和他人站在同一個位置上；人人都是站在獨自的位置上，與周遭建立關係。倘若人生事事都能盡如人意，盡如所選，不是很無趣嗎？……其實也不見得，還是有一番樂趣；不過這畢竟是不可能的。每個人還是得過著並非自己所選的人生，度過今天、明天、後天。不過一想到「每個人都是這樣」，其實還滿平等的。或許福澤諭吉先生的名言其實是正確的？如果改成「上天造人中之人」，就變得理所當然、天經地義，聽起來有點兒空虛了。

本書是忍者的故事，描述的是長篇小說「刀語」中登場的真庭忍軍的祖先們，分為「初代真庭蝙蝠」、「初代真庭食鮫」、「初代真庭蝴蝶」、「初代真庭白鷺」四篇，內容不是外傳，不是續編，而是完全無關的故事；但要拿「刀語」對照，應該還是有許多可以對照之處。廢話！最近我盡量避免提及以後的計畫，不過如果各位讀者對於剩下八名十二首領的故事感興趣，或許有一天會出版續集，請耐心等待。剩下的八人也是不在人下亦不在人上的人外之人、邪魔外道——這就是「真庭語」。

插畫依然沿襲「刀語」，由竹執筆。真庭忍軍能有現在的面貌，全都是託竹的精細畫工之福；但願今後也能一如往常，繼續合作下去。後會有期。

西尾維新

浮文字

真庭語

（原名：真庭語）

作者／西尾維新　插畫／take　譯者／王靜怡
執行長／陳君平　榮譽發行人／黃鎮隆
協理／洪琇菁　國際版權／黃令歡
執行編輯／呂尚燁　美術編輯／李政儀
企劃宣傳／洪國瑋
發行／英屬蓋曼群島商家庭傳媒股份有限公司城邦分公司　尖端出版
台北市中山區民生東路二段一四一號十樓
電話：（〇二）二五〇〇—七六〇〇（代表號）
傳真：（〇二）二五〇〇—一九七九
中部以北經銷（含宜花東）／楨彥有限公司
電話：（〇二）八九一九—三三六九
傳真：（〇二）八九一四—五五二四
雲嘉經銷／智豐圖書股份有限公司　嘉義公司
電話：（〇五）二三三—三八五二
傳真：（〇五）二三三—三八六三
南部經銷／智豐圖書股份有限公司　高雄公司
電話：（〇七）三七三—〇〇七九
傳真：（〇七）三七三—〇〇八七
一代匯集／香港九龍旺角塘尾道六十四號龍駒企業大廈十樓B&D室
電話：（八五二）二七八三—八一〇二
傳真：（八五二）二七八二—一五二九
馬新經銷／城邦（馬新）出版集團　Cite(M)Sdn.Bhd.
E-mail：Cite@cite.com.my
法律顧問／王子文律師　元禾法律事務所
北市羅斯福路三段三十七號十五樓
二〇二二年九月二版一刷

■中文版■

郵購注意事項：
1. 填妥劃撥單資料：帳號：50003021戶名：英屬蓋曼群島商家庭傳媒(股)公司城邦分公司。2. 通信欄內註明訂購書名與冊數。3. 劃撥金額低於500元，請加附掛號郵資50元。如劃撥日起 10～14日，仍未收到書時，請洽劃撥組。劃撥專線TEL：(03)312-4212 ・ FAX：(03)322-4621。E-mail：marketing@spp.com.tw

國家圖書館出版品預行編目資料

真庭語 / 西尾維新 著 ; 王靜怡譯. -- 2版.
--臺北市：尖端出版, 2022.09
面 ; 公分. --(浮文字)
譯自:**真庭語**
ISBN 978-626-338-419-4 （平裝）

861.57　　111012171